HERZ AUS STEIN

EINE MILLIARDÄR & ALLEINERZIEHENDE
MUTTER ROMANZE

JESSICA FOX

INHALT

Klappentext   v

1. Kapitel 1   1
2. Kapitel 2   13
3. Kapitel 3   22
4. Kapitel 4   37
5. Kapitel 5   44
6. Kapitel 6   54
7. Kapitel 7   63
8. Kapitel 8   69
9. Kapitel 9   76
10. Kapitel 10   85
11. Kapitel 11   90
12. Kapitel 12   98
13. Kapitel 13   107
14. Kapitel 14   113
15. Kapitel 15   123
16. Kapitel 16   133
17. Kapitel 17   141
18. Kapitel 18   155
19. Kapitel 19   159
20. Kapitel 20   161
21. Kapitel 21   167
22. Kapitel 22   172
23. Kapitel 23   179

Veröffentlicht in Deutschland:

Von: Jessica F.

© Copyright 2021

ISBN: 978-1-64808-921-3

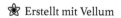 Erstellt mit Vellum

KLAPPENTEXT

Der bekannte Journalist und Milliardär Playboy, Stone Vanderberg
ist verzaubert, als er in Cannes, im Süden vom Frankreich bei den
Filmschauspielen auf die wunderschöne junge Nanouk Songbird
trifft. Die Anziehungskraft zwischen den beiden ist sofort da und
unleugbar und sie haben eine sinnliche und aufregende Affäre.
Wieder zurück in New York, findet Stone ein paar Monate später zu
seinem Erstaune heraus, dass seine Affäre Teil von dem Anwaltsteam
ist, das Stones besten Freund Eliso Patini wegen Korruption verklagt
– und nicht nur das – sie ist auch die Mutter eines Neugeborenen...
und es ist Stones Baby.
Am Anfang ist er wütend darüber, dass Nan nicht versucht hat ihn zu
finden um ihm von dem Kind zu erzählen, versteht er schließlich,
dass das Gewicht des Geldes seiner Familie, ihre Privilegien und
seine soziale Position sie verängstigt hatten – wenn es etwas gibt was
Nan nicht ist, dann ist es eine Frau, die hinter Geld her ist.
Nan stimmt zögernd zu, dass er seine Tochter sehen darf und sie
verbringen viel Zeit miteinander. Der bisher überzeugte Single Stone
fängt an sich in die junge Frau zu verlieben. Stone und Nan beginnen
eine sinnliche, heiß glühende Affäre, die sie beide vollständig

vereinnahmt und sie von dem ablenkt, was in ihren Leben passiert, und auch von ihren unterschiedlichen Kindheiten.

Aber als der Gerichtsprozess beginnt wird ein Anschlag auf Elisos Leben verübt und Nan muss sich zwischen Stone und ihrer Karriere entscheiden. Die Dinge werden schwierig und Stone merkt, dass alle die involviert sind in großer Gefahr schweben, bedroht von jemandem, der sie alle zum Schweigen bringen will.

Nan und Stone arbeiten zusammen um herauszufinden, wer es auf Eliso abgesehen hat, bevor ihr Freund für immer verstummt, und während sie das tun, bringen sie sich selber in höchste Gefahr, die ihre kleine Tochter als Waisenkind zurücklassen könnte.

Zwischen heißem, ungezügelten Sex und einem spannenden, gefährlichen Fall, werden Stone und Nan jemals in der Lage sein, glücklich miteinander zu werden?

Stone

Stone Vanderberg – das ist der Name der unter den Hollywood Stars die ihre Zeit in Südfrankreich verbringen, für Aufregung sorgt – und das aus gutem Grund. Bin ich eingebildet und arrogant? Sicher. Aber ich halte nichts von falscher Bescheidenheit und ich weiß, dass ich ein gut aussehender Kerl bin, ich weiß, dass mein Körper hart wie Stein ist und das mein Schwanz legendär ist.

Ich benutze den Namen um zu bekommen was ich will – und was ich will, ist sie...

Nanouk Songbird ist vielleicht nicht die Art von glitzernder Schauspielerin, die ich mir normalerweise in mein Bett hole – aber auf der anderen Seite, ist sie auch nur ein Mensch.

Sie wird nicht in der Lage sein mir zu widerstehen, das weiß ich. Oh ja, sie wird noch vor Ende der Woche in meinem Bett sein, stöhnend und meinen Namen rufend, wieder und wieder, während ich sie hart und endlos ficke.

Nein, sie wird nicht in der Lage sein mir zu widerstehen... nicht
wahr?

≈

Nan

Er ist der aufregendste Mann, den ich seit langem getroffen habe –
und auch der gefährlichste. Sein Ruf eilt ihm voraus und ich muss
eine Arbeit erledigen – meine Mandantin aus jeglichem Ärger
heraushalten und aus Stone Vanderbergs Zeitungskolumne.
Aber lieber Himmel, niemand hat mir gesagt, dass er so anziehend
ist, so sinnlich, dass seine männliche Ausstrahlung mich so heiß
macht.
Jedes mal wenn er in meiner Nähe ist, lässt mein eigener Körper nach
und ich kann mein Versprechen, ihn nicht an mich heran zu lassen
nicht einhalten.
Ich begehre ihn...
Ich weiß nicht wie lange ich noch in der Lage sein werde, ihm zu
widerstehen...
...oder wie lange ich das überhaupt noch will.
Ich sollte eigentlich arbeiten, aber alles an was ich denke, ist was
Stone Vanderberg mit mir tun will.
Und was ich mit ihm tun will...

KAPITEL 1

annes, Frankreich...
Stone Vandenberg fragte sich wie jedes Jahr, warum er zu dem Filmfestival gekommen war. Es war ja nicht so als ob seine lange und erfolgreiche Journallistenkarriere sich auf das Filmemachen konzentrierte, oder auf Berühmtheiten, aber ihn faszinierte die Selbstbeweihräucherung der Filmsternchen, Direktoren und Produzenten, die jeden Mai den Süden von Frankreich überfluteten.

Es waren schon fast zwölf Jahre, seitdem er einen sarkastischen, zynischen Artikel für die New Yorker Zeitung geschrieben hatte, der sich wie verrückt verbreitet hatte und seitdem war das Festival zu einer der am meisten erwarteten Stories des Jahres geworden.

Sogar die Stars aus den Studios liebten es von Stone Vanderberg gegrillt zu werden – es war alles Werbung – und für Stone gab es immer ein paar gute Extras. Er wohnte jedes Jahr im International Carlton am Meer, in der Sean Connery Suite – natürlich bezahlt vom Magazin – und es gab jede Menge junge schöne Frauen die Schlange standen, um den gut aussehenden Schriftsteller ins Bett zu kriegen.

Stone Vanderberg war der älteste Sohn eines Milliardärs von Long Island – die Vanderbergs hatten schon immer Geld, seit vielen

Generationen, bereits zu der Zeit, als sie mit den Gettys und Rocke-
fellers auf einer Stufe gestanden hatten, wenn es um Macht und Geld
ging. Stone und sein jüngerer Bruder Ted, ein Filmagent, mochten
vielleicht die Erben von Milliarden sein, aber sie standen auf eigenen
Beinen, aufgrund ihres aufrecht verdienten Rufes als schwer arbei-
tende Männer und Schürzenjäger.

Jetzt saß Stone auf dem Balkon seiner Suite, beobachtete die
Horde von Touristen und Filmleuten, die sich auf der La Croisette
Promenade unter ihm versammelten. Es war bereits sieben Uhr. Er
hatte den Tag damit verbracht die Schauspieler, die hier waren um
ihre Filme zu werben, zu beobachten und ihnen zuzuhören. Stone
würde unzählige Male zum Abendessen und auf Getränke eingeladen werden oder, wie so oft, direkt um Sex gebeten werden – von
beiden, sowohl den Schauspielerinnen als auch den Schauspielern.

Er hatte diese magnetische Anziehungskraft. Stone war fast zwei
Meter groß, mit breiten Schultern und dank seines täglichen Trai-
nings um vier Uhr früh morgens, hatte er einen gut gebauten Körper.
Er war vierzig und seine braune Haare waren mit grauen Strähne
durchzogenen, seine dunkelblauen Augen benutzte Stone genau wie
seine männliche Ausstrahlung und seine Macht, um das zu
bekommen was er wollte, und er entschuldigte sich nicht dafür. Er
liebte es hart zu arbeiten und zu ficken – besonders zu ficken. Er
hatte niemals geheiratet, denn, so hatte er es den Interviewern
erzählt - warum sollte er sich auf eine Frau festlegen, wenn er viele
haben konnte? Er wusste, dass er arrogant war, aber er machte das
mit seinem Charme wieder gut.

Stone war selbstbewusst und war sich sicher, das man mehr
Bienen mit Honig fing, als wenn man um den heißen Brei herumre-
dete. Er sorgte dafür, dass seinen Bettgefährten klar war, dass es nur
für eine Nacht war und er behandelte sie am Morgen immer sehr gut.
Seine Kollegen, besonders seine Untergebenen, vergötterten ihn – er
war ein fairer Arbeitgeber, der mehr zahlte als üblich und seine
Angestellten und ihre Träume unterstützte. Seine persönliche Assistentin Shanae, eine bildhübsche Blondine aus Charleston, die sich
wie jemand aus Dallas oder einer Dynastie aus den Achtzigern

anzog, mit Schulterpolstern und Anzüge, war eine Rakete, die Stone gnadenlos und direkt verspottete, aber so loyal war wie ein Bulldozer. Shanae und Stone waren wie Zwillinge – abgesehen von Stones herumgehure und Shanae hatte es von Anfang an klar gemacht, dass sie für Sex nicht zu haben war.

„Ich scheiße nicht dort, wo ich esse", hatte sie ihm während des Bewerbungsgespräches gesagt. „Ich kenne Männer wie Sie, Stone Vanderberg, und das Monster in Ihrer Hose wird meinem braven Mädchen nicht zu nah kommen."

Stone hatte ihr die Stelle sofort gegeben. Er überprüfte wie spät es gerade in New York war und haderte mit sich, ob er sie anrufen sollte oder nicht, wissend, dass sie noch wach war, irgendwelche Videospiele spielte und Erdnussbutterkekse aß.

Vielleicht nicht. Sie würde ihm für die Unterbrechung nicht dankbar sein. Stattdessen ging er wieder ins Zimmer der Suite. Die Eroberung der letzten Nacht wachte gerade aufgewacht. Er lächelte sie an.

„Hey, Holly."

Holly war ein lustiger Rotschopf und lächelte ihn jetzt an. „Hey, Kumpel. Hör zu, ich bin in einer Sekunde verschwunden, aber ich brauche eine Dusche. Ich habe um zehn ein Meeting und mein Hotel liegt zu weit außerhalb der Stadt."

„Sicher, Süße. Soll ich dir Gesellschaft leisten?"

Holly lachte. „Wenn du das tust, dann enden wir im Bett und ich komme zu spät. Kann ich schnell drunter springen?"

„Natürlich."

Sei küsste ihn als sie an ihm vorbeiging und griff nach unten um seinen Schwanz zu drücken. „War eine großartige Nacht, Babe."

„Fand ich auch."

Stone hörte wie sie die Dusche anstellte und seufzte zufrieden. So mochte er es – toller Sex gefolgt von einer freundlichen Plauderei am Morgen und keinerlei Erwartungen. Holly war außerdem ein toller Fick gewesen – sportlich, ungehemmt und mit einer guten Prise Humor. Bildhübsch außerdem; Punk, tätowiert, anders als seine übliche Wahl.

Er dachte jetzt darüber nach. Was ist meine übliche Wahl? Er grinste in sich hinein. Wunderschön. Sexy. Und mit etwas Glück nicht nur Knochen und Haut. Unter all den Schauspielerinnen, die von den Designern in eine vorgefertigte Größe gepresst wurden, war es ein Wunder gewesen Holly zu finden. Aber, dachte Stone, das war wahrscheinlich der Grund dafür, dass sie in ihrer Karriere nicht so erfolgreich war, wie manche der Skelette in Designerklamotten, die das Festival heimsuchten.

„Hey, Hols? Ruf mich an, wenn du wieder in den Staaten bist. Wir schaffen dir ein Profil. Bringen deinen Namen ein bisschen nach dort draußen."

Holly steckte ihren Kopf aus der Badezimmertür. „Ist das ein Danke-für-den-Sex Ding?"

Stone grinste. „Nein, es ist ein Gute-Dinge-sollten-tollen-Frauen-wie-dir-passieren Ding."

Holly wurde rot vor Freude. „Keine Angst, ich werde der Welt nicht erzählen, dass der große Stone Vanderberg ein Teddybär ist." Sie küsste ihn. „Danke für den tollen Sex, Stone. Du bist der Beste."

„Oh, das weiß ich."

Holly rollte mit den Augen und lachte. „Bis später, Baby."

Es war still im Rau als sie gegangen war. Stone überlegte, dass ihn es nicht stören würde, wenn er Holly eines Tages wiedersehen würde – sie war erfrischend. Er nahm sein Notepad – er war ein Schreiber der alten Schule – und zog los um sich unter die Menge zu mischen. Er holte seine Akkreditierung von dem Festivalzelt ab und ging in das Internationale Dorf, einer Reihe von Pavillons, in denen sich Film-leute trafen und ihre Filme bewarben.

Im Italienischen Zelt sah er Cosimo DeLuca, der mit einer Gruppe Produzenten plauderte. Stone wartete bis der andere Mann frei war, bevor er seinen alten Freund begrüßte. „Cos, du siehst zehn Jahre jünger aus."

Cosimo grinste. „Das liegt an Biba."

„Wie geht es ihr?"

„Sie ist wieder schwanger. Geplant, sollte ich wohl hinzufügen. Wir konnten nicht warten. Jetzt, wo der letzte Film im Kasten ist und nach dem hier, kann ich nach Italien gehen und die Filmerei ein paar Monate lang vergessen." Er sah sich um. „Ich habe versucht Eliso zu erwischen – ich würde ihm gern eine Rolle anbieten, aber ich verpasse ihn ständig."

Eliso Patini war wahrscheinlich Italiens berühmtester Schauspieler, aber er war notorisch privat. Er war auch Stones bester Freund. Stone zuckte mit den Schultern. „Du weißt, dass wenn du ihn anrufst, er dich immer zurückruft, Cos. Ich denke du stehst auf einer Liste von fünf Menschen, die er IMMER zurückrufen würde."

Sie lachten beide. „Schreibst du deinen jährlichen Artikel?"

Stone nickte. „Er ist zu meiner Enttäuschung dieses Jahr bisher frei von Drama."

„Ich hätte da vielleicht einen Tipp. Davon abgesehen, dass Stella hier ist und Jennifer Lawrence die Show stehlen will – wieder einmal", lachte Cosimo. „Ich habe außerdem gehört, dass Sheila Maffey hier ist und ziemlich unglücklich ist."

„Über ihre Repräsentation?"

„Ja. Sie hat recht. Nicht einer der Richter dieses Jahr, ist eine Frau oder stammt aus einer Minderheit. Es sieht alles sehr weiß aus." Cosimo schüttelte seinen Kopf. „Heutzutage ist das eine Schande."

„Kein Widerspruch, auch wenn zwei weiße Männer im mittleren Alter darüber eigentlich nicht urteilen sollten.", sagte Stone seufzend.

„Wir können uns zusammentun. Egal, das Studio hat Sheila einen Anwalt geschickt, der sie zu ihren Interviews begleiten wird. Das arme Kind. Sie sieht aus, als könnte eine Brise sie umpusten, aber sie scheint sich wacker zu schlagen und Sheila unter Kontrolle zu haben."

„Sie haben eine Frau geschickt, um eine Frau zum Schweigen zu bringen?"

„Nicht wirklich, die Anwältin scheint komplett auf Sheilas Seite zu stehen, das ist gut. Das Mädchen passt nur auf, was sie sagt. Du kennst Sheila ja, es dauert nicht lange, bis sie explodiert."

Stone nickte und dachte nach. „Danke für den Tipp, Mann. Ist vielleicht was wert."

„Hör zu, ich muss essen gehen bevor das hier vorbei ist. Ich muss zu meinem nächsten, auslaugenden Meeting." Cosimo schlug Stone auf die Schulter. „Ich bin nur so erleichtert, dass ich dieses Jahr nicht im Wettbewerb bin. Bis später, Bruder."

„Bis später, Kumpel."

Als Cosimo davon ging, drehte er sich noch einmal um. „Das Maffey Ding ist im La Salon des Independents, unten an der Rue Louis Perrissol. Sheila ist in vollem Gang. Du kannst sie dort noch erwischen."

„Danke, Mann."

Stone lief die paar Straßen bis zum Café. Jahrelanges ablaufen der Fußwege von Cannes Nebenstraßen, hatten ihn zu einem Experten gemacht und er war schon früher in dieser Bar gewesen. Der Oberkellner begrüßte ihn und fragte ihn ob er einen Tisch wolle.

„Ist Miss Maffey hier?" Stones Stimme war ruhig, aber er steckte der Frau einen fünfzig Euro Schein zu. Sie lächelte.

„Ja, Sir. Ich glaube ein Tisch in der Nähe ist frei."

„Gutes Mädchen." Er zwinkerte ihr zu, ließ seinen Charme spielen und sie schmachtete ihn an.

Sie führte ihn an einen Tisch gegenüber dem von Sheila, die, genau wie Cosimo es vorausgesagt hatte, einem unglücklichen Journalisten eine Szene machte.

Stone setze sich und warf einen beiläufigen Blick zu ihnen. Zuerst sah er nur Sheila, wunderschön in weiß, ihre dunklen Haare hochgesteckt, ihre Eleganz unterstrichen von unauffälligen, aber unbezahlbaren Juwelen. Stones geübtes Auge schätzte, dass Sheila Juwelen im Wert von mindestens 2 Millionen Dollar trug. Er verbarg ein Lächeln. Sheila hatte Klasse und Eleganz, aber für ein Treffen zum Frühstück? Sie war clever, wusste, wie man Eindruck machte. Stone musste ihr das lassen.

Dann wurde seine Aufmerksamkeit von einer jungen Frau, die neben ihr saß, angezogen und sein Magen fühlte sich an als hätte jemand mit einem Vorschlaghammer darauf eingeschlagen.

Sie hatte karamelfarbene Haut und ihre langen dunklen Haare waren in ihrem Nacken zu einem losen Knoten zusammengefasst.

Riesige, dunkle, seelenvolle Augen, ein rosafarbener Mund, die letzten Überbleibsel von einem Babygesicht, ließen sie jünger aussehen, als er glaubte das sie war, aber Stone war, als ob ihm sein Atem in der Kehle stockte. Sie war unglaublich schön, aber nicht auf die offensichtliche Art und Weise, wie die Schauspielerinnen die er kannte – ihr Gesicht war frei von Make-Up – aber auf eine sanfte, natürliche Art. Sie war außerdem die traurigste Person, die er jemals gesehen hatte.

Stone ertappte sich beim Starren und als sie aufsah und seinen Blick traf, knisterte es in der Luft zwischen ihnen. Er beobachtete wie sich ihre Wangen rosa färbten und dann sah sie weg. *Hab dich erwischt*, dachte er und fühlte sich sofort schlecht. Sie war niemand, den man in einer Falle fing.

Die junge Frau warf ihm noch einen Blick zu und er sah, wie die Erkenntnis in ihren Augen dämmerte. Sie sah zu Sheila, die mitten in ihrer Triade war und stand dann plötzlich auf. „Das Interview ist beendet. Sofort."

Beide, Sheila und der Interviewer, sahen erschrocken aus, aber Stone grinste. Sein Mädchen hatte erkannt wer er war und was er tat und sie tat ihren Job, beschütze ihre Kundin. Er beobachte, wie sie leise mit Sheila sprach, die ihm einen Blick zuwarf und die Augen rollte. Stone winkte ihr zu und Sheila lachte, schüttelte ihren Kopf.

„Nun. Verdammt, Stone Vanderberg. Ich hätte es wissen sollen."

Sehr zu Stones Leidwesen verließ ihre Begleitung zusammen mit dem Journalisten die Bar und auch wenn Sheila offensichtlich mit ihm reden wollte, hatte er seine Chance verpasst herauszufinden, wer die wunderschöne Fremde war. Sheila, deren glänzend schwarze Haut schimmerte, kam zu ihm. Sie hatten vor Jahren etwas miteinander gehabt, aber Sheila hatte sogar noch mehr Angst vor einer Beziehung als er.

Stone küsste sie auf die Wange. „Sheila, immer wieder schön dich zu sehen."

„Ich wünschte, ich könnte dasselbe behaupten. Weidest du mich in deinem Artikel aus? Ich meine es macht mir nichts aus, denn das, worüber ich mich beschwere, bedeutet mir tatsächlich etwas."

„Nein, ich wollte nur Hallo sagen. Cosimo hat mir gesagt, dass du hier bist. Und falls es dir etwas bedeutet, ich bin auf deiner Seite, was die Repräsentation anbelangt."

Ihr Gesichtsausdruck wurde weicher. „Gut."

Stone nickte zur Tür hin. „Hat das Studio dir einen Maulkorb geschickt?"

Sheila sah überrascht aus. „Nan? Nein, ganz im Gegenteil. Sie ist eine Entertainment Anwältin, aber sie will in die Menschenrechte einsteigen. Sie dachte sich, wenn sie mich bei dieser Kampagne unterstützt, dann hat sie einen Fuß in der Tür. Sie ist jung, aber sie ist zäh."

„Nan?"

Sheila lächelte. „Nanouk, und du lässt sie in Ruhe, Vanderberg. Sie ist viel zu gut für dich."

Stone lachte, war nicht im geringsten beleidigt. „Das sind sie immer, Sheila. Komm schon, ich lade dich zum Essen ein."

Nanouk Songbird stellte ihren Laptop auf dem Schreibtisch in ihrem winzigen Hotelzimmer ab und warf sich auf das Bett. Sie hasste es in Cannes zu sein und sich mit so vielen Menschen umgeben zu müssen. Sie lebte in New York und sagte sich selber, dass sie an Menschenmengen gewöhnt sein müsste, aber mit so vielen Menschen, die alle die kleine Küstenstadt fluteten, fühlte sie sich eingeengt.

Und dazu kam die irritierende Anwesenheit von Stone Vanderberg. Natürlich wusste sie alles über ihn; der Milliardärs Journalist aus der mächtigen Vanderberg Familie. Sie lebten in New York, um genauer zu sein in der Oyster Bay, Long Island. Sie war auf der anderen Seite der Stadt groß geworden, in einem winzigen Holzhaus, zusammen mit ihrer Schwester Etta, die Nan großgezogen hatte, als ihre Eltern bei einem Unfall ums Leben gekommen waren, als Etta achtzehn und Nan zwölf gewesen war. Etta hatte Nan ganz allein großgezogen und Nan begehrte ihre ältere Schwester und sie waren glücklich.

Dann, eines Nachts, wurde Etta vergewaltigt, als sie von ihrer Arbeit in der lokalen Bibliothek nach Hause ging. Sie hielt das

Trauma nicht aus und ein paar Wochen später, als die damals acht-
zehnjährige Nan von der Schule nach Hause kam, fand sie ihr
Schwester tot, gestorben an einer Überdosis Schlaftabletten. Sie hatte
ein Notiz hinterlassen.

*Es tut mir leid, kleiner Vogel, aber ich kann nicht weiterleben. Fliege
frei, mit all meiner Liebe, Kleines.*

Nan war allein und wie betäubt. Sie schloss wie in Trance die
Highschool ab und bewarb sich für das College. Sie bekam eine
Stelle bei Harvard. Dort traf sie ihren besten Freund Raoul – einen
netten jüdischen Jungen aus reicher Familie, der sie sofort ins Herz
schloss. Raoul war schwul und Nan fühlte sich sicher bei ihm. Das
Trauma von Ettas Vergewaltigung blieb an ihr hängen und auch
wenn sie Freundschaften schloss, vermied sie es mit Jungen auszuge-
hen, sehr zum Leidwesen der Collegejungs, die von ihrer Honighaut
und Schönheit angezogen wurden. Nans Eltern – der Vater aus Punjab,
Indien und ihre Mutter eine Shinnecock Indianerin – hatten ihr die
exotische Schönheit vererbt, aber sie gab nicht viel auf ihr Aussehen,
wollte nicht danach beurteilt werden.

Es war reine Angewohnheit, dass sie jetzt aufblieb. Sie stand auf
und zog ihren eleganten Arbeitsanzug aus, hängte ihn sorgfältig auf.
Sie war ein Jeans und T-Shirt Mädchen und erst jetzt konnte sie sich
entspannen, als sie ihre Haare aus dem Knoten löste und sie fallen
lies. Dick und voll, sie wusste, dass sie eine professionellere Frisur
haben sollte – es war immer in Unordnung – aber es war ihre
Rettungsdecke.

Sie machte sich einen Kräutertee und schob die schmale Tür auf,
die auf den winzigen Balkon führte. Das Hotel lag in der Stadt, aber
wenn sie sich streckte und um die Ecke des Gebäudes sah, konnte sie
gerade noch das Meer sehen. Egal. Sie setzte sich auf einen der
Stühle und nippte an ihrem Tee. Es war stiller hier als am Meer und
sie genoss die Ruhe.

Jetzt wo sie nicht mehr bei Sheila war, konnte Nan an Stone
Vanderberg denken. Sie hatte nicht erwartet, dass er so... attraktiv
sein würde. Ja, das war das richtige Wort. Er war groß, mindestens 20
cm größer als sie, und sein breiter, offenbar gut trainierter Körper,

war das, was man auf den Titelbildern von Magazinen fand – sogar seine Sachen hingen an seinem Körper wie in einer Abercrombie & Fitch Werbung.

Seine dunkelblauen Augen hatten sie angesehen und Nan war ein Schauder über den Rücken gelaufen. Ein Puls hatte angefangen zwischen ihre Beine zu beben. War es das, was sie meinten, wenn sie sagten der Blitz hätte eingeschlagen? Oder besser noch, sie grinste in sich hinein, es war ein rein primitiver Instinkt. Sie fragte sich, wie es wäre von ihm gefickt zu werden. Sie konnte sich vorstellen, dass er dominant war – und um ehrlich zu sein, würde ihr das nichts ausmachen. Seine Männlichkeit, der Hauch von Gefahr, der ihn umgab.

Stopp. Sie wurde geil und Stone Vanderberg war weit außerhalb ihrer Liga.

Es klopfte an der Tür. Seufzend stand Nan auf. Ihr Herz rutschte ihr in die Hose, als sie die Tür öffnete. Duggan Smolett, der Vertreter des Studios in Cannes dieses Jahr, lächelte sie an. Nans Haut kribbelte. Seit seiner Ankunft hatte er sie jedes Mal, wenn sie sich über den Weg gelaufen waren, angemacht und er widerte sie an. Seine kleinen silbernen Augen flitzen herum und sein Gesicht war angeschwollen von Alkohol und Kokain. So wie er aussah, war er im Moment high – das Schnüffeln und das Nase wischen waren ein sicheres Anzeichen dafür.

„Hey. Nannynook."

Bäh. „Hallo, Duggan, was kann ich für dich tun?" Sie hielt ihre Stimme ruhig – und ihren Körper angespannt, verhinderte damit, dass er sich an ihr vorbeidrängen konnte. Er lächelte sie an.

„Lässt du mich rein?"

„Ich brauche etwas Zeit allein, Duggan." Es interessierte sie nicht, ob sie unhöflich war; er würde nicht herein kommen. Sie arbeitete nicht für ihn.

„Oh, okay. Ich wollte nur sehen, ob es dir gut geht. Wie ist das Interview mit Sheila und der Time Out gelaufen?"

„Gut, es gibt nichts zu berichten. Ich habe dir vor kurzem die Email geschickt." *Die du gesehen hast und dich dann dazu entschlossen hast, zu meinem Zimmer zu kommen und mich zu belästigen. Arschloch.*

Duggan lächelte hässlich. „Habe sie nicht gesehen. Nun, okay. Die Premiere ist heute Abend und ich habe mich gefragt, ob du im Anschluss mit mir Essen gehst."

Keine Chance. „Tut mir leid Duggan, Sheila hat mich bereits zum Essen eingeladen."

„Vielleicht irgendwann anders."

Nan antwortete ihm nicht. „Gibt es sonst noch etwas?"

„Nein, nein. Wollte nur vorbeischauen. Also.. tschüss."

„Tschüss, Duggan." Es war befriedigend ihm die Tür vor seiner Nase zuzuschlagen, aber sie schloss zweimal ab um sicher zu sein. Duggan war ein Raubtier und außerdem mit Drogen vollgepumpt. Es war es nicht Wert ein Risiko einzugehen.

Nan sah, dass Sheila ihr eine Nachricht geschickt hatte.

Pass auf, der schleimige Smollett sucht nach dir. Tut mir leid, Kleine. Sehen wir uns heute Abend? S x

Nan lächelte. Sheila war der beste Teil an ihrem Job im Moment. Sie liebte die Schauspielerin wegen ihrer Leidenschaft für ihren Job und ihrem Anliegen. Sheila war keine Frau, die sich hinsetzte und schwieg. Sie öffnete den Mund, egal wer versuchte sie kleinzukriegen.

Sie war außerdem einer der nettesten Menschen die Nan jemals kennengelernt hatte und sie hatten sich fast sofort angefreundet. Nan musste zugeben, dass Sheila sie an Etta erinnerte, so sehr, dass sie die zwei Frauen in ihrem Hirn zu einer machte. *Häng dich nicht zu sehr an sie*, mahnte sie sich selber. *Sheila ist vielleicht eine Freundin, aber das hier ist immer noch ein Job.*

Nan sah auf die Uhr. Sie hatte noch ein paar Stunden bis zur Premiere. Der Jetlag holte sie ein und sie kroch unter die Bettdecke und rollte sich zusammen, um ein paar Stunden Schlaf zu bekommen.

Der Traum fing schön an. Sie ging allein über den roten Teppich und eine kühle Brise kam über den Ozean. Niemand war in der Nähe und die Ruhe war unglaublich. Dann sah sie ihn – Stone Vanderberg. Er hielt ihr seine Hand hin und sie nahm sie. Er zog sie in seine Arme

und küsste sie, sein Mund war süß, seine Lippen lagen leidenschaftlich auf ihren.

Dann lächelte er und drehte sich um und schloss seine Arme um
sie. Nan sah Duggan auf sich zukommen, der hässlich grinste. Sie
bekam Panik, aber Stone legte seine Lippen an ihr Ohr. „Es ist alles
gut, Liebling. Es wird nur ganz kurz weh tun..."

Sie fing an zu schreien, als Duggan mit einem Messer immer
wieder auf sie einstach...

Nan wachte zitternd und verängstigt auf.

2

KAPITEL 2

Eliso Patini, Filmstar, grinste zu seiner Freundin auf, die auf ihm lag, atemlos und schwitzend vom Sex. Er wickelte eine dicke Strähne ihres honiggoldenen Haares um seine Hand. „Himmel, ich liebe dich, Beulah Tegan."

Beulah lächelte. „Schön das zu hören. Und jetzt komm, alter Mann! Lass es uns noch einmal tun!"

Eliso lachte. Als Beulah seinen Schwanz wieder hart streichelte, fuhr er mit seinen Händen zärtlich über ihren kurvenreichen Körper. Sie waren jetzt seit über einem Jahr zusammen und während dieser Zeit hatte Eliso sich sehr verändert. Ja, es war ein Klischee: ein Filmstar mit einem Model der Sports Illustrated, aber Beulah Tegan - aus London – war so viel mehr, als nur ein schönes Gesicht und ein umwerfender Körper. Sie war witzig, gebildet und nett und Eliso hatte sich in sie verliebt, als sie sich kennengelernt hatten.

Eliso selber war einmalig, ein Schauspieler der treu war, der nicht betrog, wenn er in einer Beziehung war, und der sich regelmäßig in der Liste der Top zehn der „Bestaussehenden Männer der Welt" wiederfand. Seine guten Manieren mischten sich mit seinem guten Schauspieltalent, das jedes Publikum zum Lachen brachte und im nächsten unkontrolliert weinen ließ.

Seine wirren dunklen Locken und die großen ausdrucksvollen, grünen Augen, wirkten wie Magnete auf Frauen, genau wie die Geschichten über seine Leistung im Bett, aber Eliso hatte sich immer mehr nach einer Partnerin gesehnt, als nach einem schnellen Quickie. Wie das Schicksal es wollte, hatte er vor einem Jahr bei einer Modenschau neben Beulah gesessen, die genauso von der Show gelangweilt war wie er und hatte in dem Moment gewusst, dass er eine gleichgesinnte Seele gefunden hatte.

Beulah saß jetzt auf ihm und spießte sich selber mit heftigem Stöhnen auf seinen Schwanz auf. „Himmel, du bist groß", sagte sie. „Ich schwöre dein Schwanz wird jeden Tag größer. Verdammt. Das ist gut."

Sie ritt ihn, nahm in tiefer auf. Er streichelte ihren flachen Bauch, nahm ihre vollen Brüste in seine Hände und sah zu ihr auf. Ihre braunen Haare fielen um ihre Schultern und Eliso fragte sich, ob er jemals zuvor schon etwas so Schönes gesehen hatte. Beulah grinste zu ihm herab. „Du hast Schmalz in den Augen."

„Willst du heiraten?"

Beulah lachte. „Warum fragst du mich das immer, wenn wir ficken?"

„Weil es mir ernst ist. Heirate mich."

Beulah schüttelte ihren Kopf. „Nicht jetzt, sexy Junge. Wir haben beide noch so viel in unseren Karrieren vor uns."

„Scheiß auf meine Karriere."

„Ich kümmere mich lieber um deinen Monsterschwanz. Davon abgesehen, könnte ich dich gar nicht von deinen dich liebenden Fans wegnehmen – und ernsthaft, Eli, du stehst vor etwas ganz großem. Anders als ich", sagte sie kichernd. „Ich sitze im Moment auf etwas großem."

Sie fing an sich schneller zu bewegen, zog ihre Fotze um seinen Schwanz zusammen und Eliso stöhnte als sie in molk, sein Schwanz pumpte dicken Samen tief in ihren Bauch. Beulah stöhnte laut und lange vor Ekstase als sie kam. Als beide versuchten wieder zu Atem zu kommen, stieg Beulah von ihm und legte sich neben ihn und streichelte sein Gesicht. „Ich liebe dich, Eli, so, so sehr. Aber bevor wir das ganze Hochzeitsding tun, müssen wir beenden, was wir angefangen haben. Dann können wir ohne Reue eine Familie gründen."

„Schlaues Mädchen."

„Du weißt es."

Eliso warf einen Blick auf die Uhr. „Wann haben wir gesagt, dass wir uns mit Stone treffen?"

„Zur Premiere. Mach nicht so ein Gesicht, wir müssen zur Premiere gehen – du hast es deinem Agenten versprochen. Wenn du ein guter junge und nett bist, dann blase ich dir einen auf dem Klo."

Eliso brach in Lachen aus – der Kommentar sah Beulah so ähnlich. Sie hatte keine Zeit für affektiertes Getue. „Abgemacht."

Blitzlichter in ihren Gesichtern, Eliso und Beulah taten ihren Job, lächelten für die Kameras und küssten sich sogar, als man sie darum bat. Während der ganzen Zeit unterhielten sie sich leise, machten sich über die Paparazzi lustig und flüsterten sich schmutzige Dinge zu.

Endlich, im Palais des Festivals et des Congres, löste Beulah ihr Versprechen ein, blies seinen Schwanz in einer der Kabinen der Toilette, beide lachend und kichernd. Dann fickte Eliso sie an der kühlen Fliesenwand und küsste sie leidenschaftlich.

Schließlich begaben sie sich wieder zurück ins Auditorium. Elsio sah Stone und ging zu ihm mit Beulah an seinem Arm. Die zwei Männer umarmten sich. „Hey, Kumpel." Stone grinste seinen Freund an und Eliso stellte ihm Beulah vor, die ihn musterte.

„Ja, du bist okay", sagte sie in ihrem Akzent und Stone lachte.

„Ich bin froh, dass ich die Erwartungen erfülle. Wie kommt es eigentlich, dass ich dich erst jetzt kennenlerne?"

Eliso blickte ihn dümmlich an. „Entschuldige Mann, ich weiß, dass es zu lange war. Mir ist die Zeit davongelaufen."

Stone grinste. „Komm schon, lass uns das Ganze anschauen, dann können wir anfangen zu trinken."

„Ja", sagte Beulah zu Eliso. „Ich mag ihn."

Sie lachten und suchten ihre Plätze auf.

Stone setzte sich neben seine Freunde und plauderte mit ihnen bis die Lichter ausgingen. Der Intendant kam gerade auf die Bühne um den Film vorzustellen, als Lärm an der Tür zu hören war und Sheila Maffey hereinkam, lächelnd und dem Intendant ihre Entschuldigungen zurufend.

Sheila winkte und fand ihren Platz und hinter ihr sah Stone eine Nan mit einem hochroten Gesicht, die versuchte im Boden zu versinken. Sie sah auf bevor sie sich setzte und erwiderte seinen Blick. Ihre Farbe wurde noch dunkler und sie setzte sich schnell, aus seinem Blickfeld. Stone lächelte in sich hinein. Er wusste, dass Sheila auf der Party nach dem Film sein würde und hoffte, dass ihre liebreizende Begleiterin sie dorthin begleiten würde. Er würde sicherstellen, dass er sich dieses Mal ordentlich vorstellte.

Das war leichter gesagt als getan. Nan war clever genug um sich aus dem Rampenlicht zu halten bei der Party. Frustriert suchte Stone die Menge nach ihr ab, aber er konnte sie nirgendwo sehen. Beulah entschuldigte sich und ging auf die Toilette und Stone sah, wie Eliso ihr hinterher schaute. Er grinste seinen Freund an. „Du bist verliebt."

Eliso nickte. „Das kann ich nicht bestreiten. Ich bin fertig, sie ist die Richtige." Er lachte und musterte dann seinen Freund. „Was ist mit dir?"

Stone zuckte mit den Schultern. „Etwas ist ganz am Anfang... denke ich. Ich weiß nicht. Ich habe noch kein Wort mit dem Mädchen gewechselt, an dem ich interessiert bin."

Elisos Augenbrauen schossen in die Höhe. „Was ist das? Stone Vanderberg ist verliebt?"

Stone schnaubte. „So würde ich es nicht nennen – nur interessiert."

„Ist sie hier?"

„Irgendwo. Sie ist bei Sheila, eine Anwältin aus dem Studio."

Eliso nickte. „Oh, das Mädchen, das aussieht als würde es vor Scham gleich sterben?"

„Genau die."

Eliso nickte anerkennend. „Sie ist wunderschön. Schnapp sie dir. Wird Zeit, dass du deine Beulah findest."

Stone gluckste. „Ja, ich glaube nicht, dass es so magisch sein wird, aber ich mag deinen Optimismus."

„Es passiert. Die Eine. Es gibt das wirklich."

„Wenn du das sagst."

Endlich sah er sie, kurz vor Mitternacht. Ihre langen Haare hingen herab und sie hatte ihre Schuhe ausgezogen und saß draußen auf dem Balkon, verborgen hinter einer Palme. Ihre Augen waren geschlossen und sie hatte sich an die kalten Steine gelehnt. Die Nacht war viel kühler jetzt, mit einer Brise, die vom Ozean her kam. Stone versuchte ihre Nippel zu übersehen, die hart waren und sich unter dem dunkelroten Kleid abzeichneten.

„Hi."

Ihre Augen flogen auf und da war wieder die wunderschöne Röte, die ihr Gesicht überzog. „Hi."

Stone streckte seine Hand aus. „Stone Vanderberg."

Ein zaghaftes Lächeln. „Ich weiß, wer Sie sind, Mr. Vanderberg." Sie stand auf und schüttelte seine Hand. Gott, sie war winzig. „Nanouk Songbird."

„Hi Nanouk. Ein wunderschöner Name."

Sie nickte – sie hatte das offenbar schon zuvor gehört und er verfluchte sich im Stillen dafür, dass er so unoriginel war. „Ich nehme an, Sie haben gewusst, wer ich bin, als sie Sheilas Interview beendet haben. Lassen Sie mich Ihnen versichern, dass nichts davon an die Öffentlichkeit gelangt."

„Danke. Ich weiß das zu schätzen. Auch wenn ich mir sicher bin, dass es ihr nichts ausmachen würde, wenn Sie etwas schreiben würden, um Sheilas Kampagne zu unterstützen."

Stone lächelte. „Und das Studio?"

Nan antwortete nicht, lächelte nur und Stone entschied, dass ihm diese Frau sehr gefiel. Sie hatte etwas rebellisches an sich. „Genießen Sie die Party?"

„Um ehrlich zu sein, habe ich diesen Teil nie genossen. Zu viele Leute."

„Woher sind Sie?"

Sie lachte und es ließ ihr Gesicht strahlen. „New York."

Stone sah amüsiert aus. „Zu viele Menschen... hier?"

„Ich weiß, ich weiß, die Ironie. Aber zumindest ignorieren sie einen in New York. Hier will jeder irgendetwas." Sie schauderte und für einen Moment sah Stone, wie die Traurigkeit in ihre Augen zurückkehrte. Nan räusperte sich und schüttelte ihren Kopf, um das Abzuschütteln, was auch immer sie belastete. Sie musterte ihn. „Wir haben sogar etwas gemeinsam."

„Haben wir das?"

„Oyster Bay."

Stone war vollkommen überrascht und aus irgendeinem Grund war er erfreut. „Du bist von dort?"

Nan nickte. „Ich lebe immer noch dort."

Stone lächelte. „Ich bin nicht so oft dort, wie ich das gern sein würde. Vielleicht sollte ich das ändern", sagte er und wartete auf ihre Reaktion.

„Nan?"

Verdammt. Verdammt. Verdammt. Stone drehte sich um und sein Blick fiel auf Sheila, die auf sie zukam. War das Einbildung oder sah Nan auch so aus, als würde ihr die Unterbrechung nicht gefallen? In der nächsten Sekunde war ihr Ausdruck normal, mit einem freundlichen Lächeln. „Hey, Sheila. Brauchst du etwas?"

„Nein, Liebes. Ich wollte nur Gute Nacht sagen." Sheila beäugte Stone. „Habe ich dich nicht gewarnt wegzubleiben, Vanderberg?" Sie lachte laut und küsste Nan auf die Wange. „Doch die Nacht ist jung. Habt Spaß ihr zwei." Sie zwinkerte Stone zu, als sie wieder nach drinnen verschwand.

Nans Handy piepte und sie sah seufzend darauf. „Himmel, was denn jetzt?", murmelte sie und stöhnte. „Verdammt." Sie sah Stone an und er sah Bedauern in ihren Augen. „Mr. Vanderberg. Es tut mir leid, aber ich muss mich entschuldigen. Es ist erst später Nachmittag in Los Angeles und mein Boss möchte mit mir sprechen. Es war schön Sie kennenzulernen."

„Das Vergnügen ist ganz auf meiner Seite. Und für die Zukunft nenn mich Stone."

Sie schüttelte seine Hand und er hielt ihre einen Herzschlag zu lange fest. „Und du kannst mich Nan nennen. Auf Wiedersehen... Stone."

„Tschüss, Nan."

Ihre Parfüm, Jasmin, hüllte ihn ein, als sie ihre Schuhe nahm und an ihm vorbeiging. Er wollte ihre Hand nehmen, sie in seine Arme ziehen und diesen wunderschönen Mund küssen. Ja. Er war verzaubert. Nan Songbird war jemand, den er besser Kennenlernen wollte und er wusste, dass er nicht zufrieden sein würde, bis sie nackt in seinen Armen war, in seinem Bett, und seinen Namen schrie, während er sie ins Paradies fickte.

Nan passte nicht auf, als sie den Flur zu ihrem Hotelzimmer entlangging. Sie checkte ihre Nachrichten, hatte aber keine von ihnen wirklich gelesen. Sie dachte an Stone Vanderbergs Hand in ihrer und wie sehr sie sich hatte zusammenreißen müssen, um ihren Körper nicht an seinen zu pressen. Himmel, der Mann sah umwerfend aus.

Sie holte die Schlüsselkarte heraus, ließ sie fallen und als sie sich bückte um sie aufzuheben, spürte sie, wie sich ein paar Arme um ihre Taille legten. „Ja, Baby, das ist gut."

Duggan. Sie wehrte sich gegen seine Arme, aber er hielt sie an sich gepresst, nahm die Schlüsselkarte und öffnete die Tür. Er schob sie hinein, bevor er sie laut hinter sich zuschlug.

Überlebensinstinkt übernahm die Kontrolle und Nan taumelte durch den Raum. Duggan war zweimal so groß wie sie. „Raus!" sagte sie fest, aber natürlich ignorierte er sie und kam auf sie zu, krallte seine Hände um ihre Arme und zog sie zum Schlafzimmer. Als er grob an ihrem Kleid riss, spürte Nan, wie der Stoff nachgab. *Nein. Das hier kann nicht passieren.*

Mit all ihrer Kraft stieß sie ihre Daumen in Duggans Augen, klammerte ihre Finger um seinen Kopf, grub ihre Nägel so fest in ihn, wie sie konnte. Duggan brüllte vor Schmerz und versuchte ihre Hände abzuschütteln, aber Nan, schloss sie mit grimmigen Gesicht nur noch fester um ihn.

„Wenn du nicht erblinden willst, du Arschloch, dann lass mich los! Sofort!"

Duggans Hände lösten sich. Sie schob fest und ging rückwärts zur Tür, ließ nicht los. „Öffne die Tür Duggan."

„Ich kann nichts sehen, du verdammte Schlampe."

„Dann ertaste sie", knurrte sie. „Du scheinst doch sehr gut mit deinen Händen zu sein, Ertaste den Türgriff, Arschloch."

Duggan bekam die Tür auf und Nan zwang ihn hinaus auf den Flur. Als sie ihren Griff lockerte, schlug er sie mit der Faust in den Magen. Als sie taumelte und grunzte warf er sich wieder auf sie, sie hörte Schreie und zwei großer Kerle kamen angerannt und zerrten Duggan den Flur entlang, von ihr weg. Eine Frau, die scheinbar mit den Kerlen hier war, kam, um ihr aufzuhelfen. „Geht es Ihnen gut?" Amerikanerin.

Nan schüttelte den Kopf. „Das Arschloch hat gerade versucht mich zu vergewaltigen."

Duggan kämpfte, aber selbst in seinem aufgeputschten Zustand war er kein Gegner für die beiden. Die andere Frau brachte Nan in ihr Zimmer und rief den Manager des Hotels an.

Nachdem Duggan weggebracht worden war und der Hotelmanager fertig war sich zu entschuldigen, rief Nan ihren Boss in Los Angeles an und erzählte ihm, was passiert war. Er war alarmiert. „Nan, ich kann gar nicht sagen, wie sehr mir das leid tut." Er schwieg einen kurzen Moment. „Wirst du ihn verklagen?"

Nan seufzte. Sie wusste genau, was Clive fragen wollte. Das Studio würde sich lieber nicht mit einem Skandal abgeben, wenn die Filme gerade im Wettbewerb waren. „Nein. Aber ich will, dass du mir versicherst, dass man sich um Duggan kümmert und ich will in ein anderes Hotel. Ich fühle mich hier nicht sicher."

Erleichtert sagte Clive, dass er sie zurückrufen würde und innerhalb einer Stunde zog sie ins Carleton um und zwar in die Grace Kelly Suite. Nan war überwältigt, aber der Hotelmanager versicherte ihr, das alles gut sei. „Miss Bellucci hat die Suite heute morgen verlassen, Miss Songbird."

Nan fragte sich, wie viel das Studio bezahlt hatte, um ihr diesen Raum zu besorgen und wer dafür zurücktreten musste. Aber es war ihr egal. Ja, sie zahlten sie für ihr Schweigen, aber sie war in Sicherheit und weit weg von Duggan. Clive sagte ihr, dass er den Mann gefeuert hatte. „Wir nehmen sexuelle Übergriffe sehr ernst, Nan. Wenn du noch irgendetwas brauchst – sag es einfach."

Nan war einfach froh außerhalb von Duggans Reichweite zu sein. Das Carlton hatte wegen der vielen Prominenz eine ganze Flotte an Sicherheitsleuten. Ihre Suite war unglaublich – luxuriöser als alles, was Nan bisher gekannt hatte, aber alles was wirklich wichtig war, war die Freiheit. Sie trat auf den Balkon; in diesem Hotel war der Ausblick phänomenal. Sie sah auf die Uhr; es war fast vier Uhr früh und sie musste um sieben zum Treffen mit Sheila erscheinen.

Nan fühlte sich unglaublich erschöpft. Sie duschte schnell, legte ihre Sachen für den Morgen bereit, stellte den Wecker und fiel dann ins Bett, wo sie in einen unruhigen Schlaf versank.

KAPITEL 3

Stone bekam Nan Songbird nicht aus dem Kopf. Verdammt sei Sheila, die sie unterbrochen hatte und verdammt sei der Anruf ihres Boss. Da war etwas zwischen ihnen gewesen, verdammt noch mal und ohne diese Unterbrechungen würde er mit dieser wunderschöne Frau im Bett aufwachen, anstatt allein.

ER SAGTE SICH, dass Nan nicht anders als die anderen Frauen war, mit denen er ins Bett gestiegen war. Er konnte sich nicht auf etwas Festes einlassen – nicht jetzt.

ABER NAN wich nicht aus seinen Gedanken. Stone war entschlossen sie zu haben, bevor er aus Cannes verschwand... es war nur... er wusste nicht, ob er sie vergessen konnte, wenn er wieder weg war. Verdammt, sie ist nur ein weiteres Mädchen, sagte er sich selber. Er stand auf und fing an zu trainieren, lief im schnellen Tempo auf dem Laufband, versuchte die Spannung aus seinem Körper zu vertreiben. Sein Artikel stand vor der Vollendung, er wusste, dass er ihn heute fertig stellen und dann die letzten Tage des Festivals genießen konnte.

Er traf Eliso und Beulah zum Mittagessen unten im Grand Salon und erfuhr, dass sie am nächsten Tag abreisten. „Eli hat mich dazu überredet mit ihm nach Italien zu fahren... um seine Eltern kennenzulernen. Beängstigend."

BEULAH SAH ABER NICHT VERÄNGSTIGT aus und Eliso grinste sie an.

„SIE WERDEN DICH LIEBEN"

STONE LÄCHELTE über die zwei Turteltauben, aber einen seltsamen Augenblick lang fühlte er sich einsam. Er hatte so lange eine Beziehung vermieden, dass es ihm jetzt, wo er seinen besten Freund Eliso so verliebt und unglaublich glücklich sah, richtig bewusst wurde, dass er, Stone, das nicht hatte.

ER SAH AUF, als sich in seinem Sichtfeld etwas bewegte und sah Nan Songbird das Restaurant betreten und sich nervös und unsicher umschauen. Stone sah wie sie zögerte, scheinbar zu entscheiden versuchte, ob sie bleiben oder davonlaufen sollte.

„Entschuldigt mich einen Augenblick." Er stand auf und ging zu ihr. Er sah die Erleichterung in ihren Augen darüber, dass sie jemanden hier kannte. „Hey, Nan, geht es dir gut?"

SIE LÄCHELTE IHN AN. Himmel, sie war hübsch. „Das tut es, danke. Ich bin nur... ich war noch niemals zuvor in diesem Restaurant."

. . .

„Nun, würdest du dich gern zu uns setzen?" Er deutete mit dem Kopf auf den Tisch, wo Eliso und Beulah saßen. Beulah grinste Nan an und Eliso hob grüßend seine Hand. Nan wurde rot aber sie erwiderte das Lächeln.

„Das ist sehr nett, aber nein, ich treffe mich hier mit einem Freund... und da ist er auch schon. Zu spät wie immer."

Nan lächelte Stone entschuldigend an. „Trotzdem danke. Es war schön dich wiederzusehen."

Stone legte einen Finger an ihre Wange. „Ich habe mich auch gefreut."

Nan lächelte, wurde leicht rot, bevor sie merkwürdig stelzend von ihm wegtrat.

Er beobachtete, wie sie zu einem freundlich aussehenden Mann im grauen Anzug ging und ihn umarmte. Stone bemerkte, das ein Teil von ihm von Eifersucht geplagt wurde, auch wenn er kein Recht dazu hatte, aber er konnte bald an der Körpersprache zwischen Nan und ihrem Partner erkennen, dass es nichts gab, worauf er eifersüchtig sein musste.

Stone ging wieder zu seinem Tisch und den Fragen seiner Freunde. „Das ist sie?", sagte Beulah, die offenbar Stones Verlegenheit genoss. „Sie ist bildhübsch, Kumpel und ich sehe, dass sie dich mag."

. . .

„DAS KANNST du aus dieser Entfernung sehen?", höhnte Eliso.

BEULAH STRECKTE ihm die Zunge raus. „Eine Frau kann das." Sie musterte Stone, der vor sich hin lächelte. „Du magst sie."

„ICH KENNE SIE NICHT, ABER JA", gab er zu, worauf Eliso geschockt aussah und Beulah kicherte. „Sie fasziniert mich."

„JA, ich wette am Ende wird sie auch von dir fasziniert sein – den ganzen Tag und die ganze Nacht."

STONE GRINSTE. „ICH VERGÖTTERE DICH", sagte er zu Beulah. „Lauf mit mir weg."

„ICH MUSS ERST diesen alten Mann loswerden."

ELISO ZUCKTE GUTMÜTIG mit den Schultern. „Ich sage nur, dass Stone fünfzehn Tage älter ist als ich."

BEULAH SEUFZTE DRAMATISCH. „Dann kommt es wohl auf die Schwanzgrüße an. Holt sie raus, Jungs."

STONE UND ELISO taten beide so, als würden sie ihre Reißverschlüsse öffnen und brachten Beulah damit zu haltlosem Lachen.

. . .

Die Gäste in der Nähe sahen sich irritiert um, aber als sie die wunderschöne Frau lachen sahen, verziehen sie dem lauten Tisch.

Nan setzte sich mit Raoul in die Sonne und grinste ihn an. „Himmel, ich habe dich vermisst, Owl. All diese verdammten Schauspieler und Schauspielerinnen... ich brauche etwas langweiliges und fades wie dich."

„Oh, ha ha du kleine Zicke", Raoul grinste seine Freundin an, wissend, dass sie ihn nur neckte.

„Was ist mit dir? Du bist fünfzig Jahre älter geworden! Sieh dir nur diese Krähenfüße an. Und deine Brüste sind ganz schön herabgesackt, Mädchen." Er deutete mit dem Kinn auf ihre frech aufgerichteten und vollkommen natürlichen Brüste.

Nan kicherte. Sie liebte diesen Mann. Sie hatte Raoul kennengelernt als sie zusammen auf dem College gewesen waren und sie waren schnell unzertrennlich geworden. Raoul war ihr bester Freund, ihr Vertrauter, ihr Bruder. Er kam aus einer reichen Familie von New Yorker Anwälten und hatte seinen Karrierepfad niemals in Frage gestellt, als er aufgewachsen war. Vor Gericht war er ein ruchloser Verteidiger, der seine Zeugen grillte, bis er sie brach. Außerhalb des Gerichts war er lustig und nett. Suchte immer nach Mr. Right und zweifelte über Nans miserables Liebesleben. „Wenn ich nur nicht schwul wäre, Nook"

„Wenn nur."

· · ·

JETZT JEDOCH NECKTE er sie wegen Stone. „Also, du magst ihn?"

NAN ROLLTE MIT DEN AUGEN. „Junge, ich habe sechs Worte mit dem Mann gewechselt."

„NOOK, lüg mich nicht an. Du hast Geilheit in den Augen. Ich habe diesen Blick nicht mehr gesehen, seit ich diesen Keanu Reevs Marathon im College mitgemacht habe."

„DAS ZÄHLT NICHT", sagte Nan. „Es gibt keinen Menschen auf dieser Welt, der Keanu widerstehen könnte."
      „Das ist wahr, aber wieder zu Wunderschwanz Vanderberg. Ich habe gehört, dass er gut ausgestattet ist, also wo du schon mal in Cannes bist..."

„DU BIST EIN UNMÖGLICHER KERL. Hast du jemals darüber nachgedacht in den Sexhandel einzusteigen?"

RAOUL GRINSTE. „Wenn es bedeutet, dass wir dich flach legen können..." Sein Lächeln verschwand. „Nook?"

NAN WAR BLASS GEWORDEN und hatte angefangen zu zittern. Raoul folgte mit den Augen ihrem Blick. Ein Mann starrte sie an und sein Gesicht war alles andere als freundlich. Als er sie beobachtete, wurden seine Augen schmal, bevor er sich auf dem Absatz umdrehte und davonging.

„WER ZUR HÖLLE WAR DAS?"

Nan lächelte verkrampft. „Duggan Smollett. Er ist aus dem Studio." Sie sah auf ihre Hände. „Er hat letzte Nacht versucht mich zu vergewaltigen."

„Was zur Hölle?" Raoul war sofort wütend und schon halb aus seinem Stuhl bevor Nan ihn wieder nach unten zog.

„ICH HABE MICH DARUM GEKÜMMERT, Owl. Setz dich. Die Leute starren schon."

RAOUL SAH NICHT GLÜCKLICH AUS. „Das erklärt die Grace Kelly Suite. Das Studio?"

„JA. Schau, mir geht es gut. Zur Polizei zu gehen wird nur für mehr Aufregung sorgen. Und ich brauche das nicht."

RAOUL SEUFZTE. „Himmel, Nan..."

„ICH WEIß. Lass uns über etwas anderes reden, ja? Wie geht es deinem Dad?"

„Gut. Ich bin als Doppelagent hier."

NAN GRINSTE IHN AN. „Und ich dachte schon, du würdest nur Chris Hemsworth stalken."

„Nun, das offenbar auch." Raoul lachte. Er beugte sich mit leuchtenden Augen nach vorn. „Und sogar noch besser... Sarah Lund geht in den nächsten sechs Monaten in Rente. Mein Vater hat dann eine Stelle frei, für einen Junior Partner."

. . .

„Und Sarah Lund ist eine..."

„Kriminalanwältin. Verteidigung. Interessiert?"

Nan war außer sich vor Freude. „Machst du Witze? Natürlich! Um Gottes Willen, Raoul... ist sich dein Vater sicher? Ich meine, ich habe nur wenig Erfahrung im Kriminalrecht, aber Himmel, das ist es, was ich tun wollte seit ich mit der Schule fertig war."

„Ich weiss es und er weiß das auch. Am Anfang wirst du direkt mit ihm zusammenarbeiten, damit du die Erfahrung sammeln kannst, die du brauchst, oder wie er es ausdrückt, für dein Selbstvertrauen. Er glaubt an dich, Nook. Das tun wir beide."

Nan spürte wie ihr dir Tränen in die Augen stiegen. Alan Elizondo war einer von New Yorks erfolgreichsten Verteidigungsanwälten. Er hatte eine feste Partnerschaft mit einer Anzahl an handverlesenen Anwälten und es bestanden nur geringe Chancen für junge Anwälte dort hinein zu kommen. Das er sie wollte...

„Himmel, Raoul, ich weiß nicht, was ich sagen soll."

Raoul grinste. „Doch, das weißt du. Sag ja. Das ist es, was du wolltest. Raus aus dem Entertainmentgeschäft und rein in das Kriminalrecht. Gratuliere, Nook, du verdienst es."

Als Nan sich später mit Sheila traf, schwebte sie immer noch auf Wolken, als sie ihren Stundenplan für die nächsten paar Tage durchsprachen. Sheila bemerkte die gute Laune der jungen Frau und sprach sie darauf an. Nan erzählte ihr von dem Job.

„Also ich werde dich vermissen, aber ich weiß, dass es das ist, was du immer wolltest, Nan. Ich freue mich sehr für dich." Sie umarmte Nan. „Versprich mir einfach, dass wir Freunde bleiben."

„IMMER", sagte Nan lächelnd. Sie trank noch Tee mit Sheila und als Sheila zu ihrer nächsten Verabredung ging, ging Nan wieder ins Carlton zurück und lief zum Fahrstuhl. Ein paar Stunden Schlaf, dann vielleicht ein leichtes Essen und ein Spaziergang am Wasser entlang? Wenn sie sich unter die Menschen mischte, würde sie sich sicherer fühlen. Es war ihr freier Abend und sie war fest entschlossen sich diesen nicht von dem Gedanken an Duggan Smollett ruinieren zu lassen.

SIE HATTE GERADE auf den Knopf ihres Stockwerks gedrückt, als die Fahrstuhltür sich wieder öffnete und Stone Vanderberg eintrat. Ihr Herz begann heftig in ihrer Brust zu schlagen. „Hey."

„HALLO. Wir scheinen uns ständig über den Weg zu laufen." Himmel, sogar seine Stimme ließ ihr Geschlecht vor Verlangen pochen.

„Ja. Danke nochmal für deine Einladung heute früh – das war sehr nett."

„ES WAR mir ein Vergnügen." Seine Augen hingen an ihren. „Hattest du einen schönen Tag?"

„JA, danke."

. . .

DIE SPANNUNG WAR UNERTRÄGLICH. Nans Atem begann sich zu beschleunigen. Sie sahen sich an und dann trat Stone näher zu ihr und neigte seinen Kopf zu ihren herab. Sein Mund war nur Zentimeter von ihrem entfernt, als sich die Fahrstuhltür erneut öffnete und eine Menschengruppe, schwatzend und lachend, hereinströmte. Der Druck der Menge schob Nan und Stone an die Wand des Fahrstuhls. Sein Körper war an ihren gepresst und seine marineblauen Augen sahen sie an. Nan konnte den Blick nicht abwenden. Er hätte alles mit ihr tun können, aber das, was er tat, ließ ihr Herz nur noch schneller klopfen.

ER NAHM IHRE HAND. Verschränkte seine Finger mit ihren und versuchte nichts anderes. Er presste seinen Schwanz nicht an sie oder eins der anderen unzähligen Dinge, die andere Männer versuchen würden – und bei Nan bei engen Platzverhältnissen versucht hatten. Stone Vanderberg nahm ihre Hand und hielt sie und Nan war verloren.

ES SCHIEN UNMÖGLICH, als der Fahrstuhl im siebten Stock anhielt, dass sie nicht in derselben Suite enden würden. Der Fahrstuhl leerte sich und Stone führte sie immer noch ihre Hand haltend, den Gang entlang. Nan lief als würde sie träumen, ein Traum, der nur Sekunden später zerstört wurde, als jemand ihren Namen rief.

NEIN, nein, geh weg.... „Miss Songbird? Miss Songbird? Ich habe eine dringende Nachricht für Sie von Miss Maffey."

NAN UND STONE blieben stehen und Nan hätte schreien mögen. Stone sah auch nicht glücklich aus, als der Hotelangestellte ihr die Nachricht gab und wegging. Nan las die Notiz und seufzte. Sie sah zu

Stone auf. „Sheila hat ein Interview mit Jay McInerney. Sie will das ich dort bin. Tut mir leid."

Stone lächelte sie an... *Himmel sein Lächeln...* und legte ihr die Hand an die Wange. „Kein Problem. Abendessen, später?"

NAN NICKTE. „Wie wäre es, wenn wir uns in diesem Restaurant treffen?" Sie zeigte ihm die Nachricht.

„In der Rue du Suquet? Perfekt." Er streichelte ihre Wange, schien zu zögern. „Ich möchte dich so gern küssen, Nan Songbird, aber ich glaube, wenn ich das tue, dann kann ich mich nicht mehr zurückhalten... und ich will nicht, dass du gefeuert wirst."

NAN LACHTE LEISE. „Geduld, Stone Vanderberg."

„GEDULD. Zehn Uhr?"

„BIS dann."

SIE LÄCHELTE IMMER NOCH und ihr Körper schien vor Aufregung zu glühen, als sie in das Taxi zur Rue du Suquet einstieg. Sie ging in das Restaurant und fragte nach Sheila. Der Maitre sah verwirrt aus. „Ob Ms. Maffey hier ist? Bitte warten Sie einen Moment, Mademoiselle."

ER KAM einen Moment später zurück. „Es tut mir leid, Mademoiselle. Ms. Maffey ist nicht hier."

· · ·

NAN RUNZELTE die Stirn und holte die Notiz aus ihrer Tasche, sah sie sich noch einmal an. Sie sah den Mann entschuldigend an. „Tut mir leid, vielleicht ist es auf Mr. McInerney gebucht? Jay McInerney?"

DER MANN SAH VERLEGEN AUS. „Nein. Tut mir leid."

NAN NICKTE, ihr Gesicht brannte. *Was zur Hölle?* „Egal. Tut mir leid, dass ich Sie belästigt habe. Da ich schon einmal hier bin, haben Sie eine Reservierung frei für heute Abend 10 Uhr?"

DER MAITRE SAH UNSICHER aus und Nan, die sich dumm vorkam, entschied sich dafür, dass einzige verfügbare Werkzeug zu verwenden. „Es ist für Mr. Vanderberg. Stone Vanderberg."

DER AUSDRUCK des Maitres wurde freundlich und er lächelte. „Natürlich, ein alter Freund. Tisch für?"

„ZWEI BITTE. Ein ruhiger Tisch, falls möglich." Wenn sie schon den Namen erwähnte, dann konnte sie auch aufs Ganze gehen.

„NATÜRLICH." DER MAITRE sah sie jetzt ein bisschen respektvoller an und Nan unterdrückte ein Lachen. Ha, das Leben eines Milliardärs. Sie glaubte nicht, dass es Stone etwas ausmachen würde.

NAN SAH AUF IHRE UHR. Es war fast neun. Sie verfluchte sich selber, dass sie sich nicht Stones Handynummer aufgeschrieben hatte, ging über die Straße in eine Bar und rief Sheila an.

· · ·

ANRUFBEANTWORTER. Sie schüttelte ihren Kopf. Was zur Hölle war hier los?

NAN SEUFZTE. Nun, sie hatte Zeit für einen Drink und um sich vor ihrem Date mit Stone etwas zu entspannen. Sie bestellte sich einen Martini und setzte sich.

Stone lächelte immer noch vor sich hin, als er hinunter an die Bar im Carlton ging. Als er sich hinsetzte, sah er Nans Mittagsverabredung, der bereits dort saß und er stellte sich vor. Raoul Elizondo lächelte ihn an.

„SCHÖN SIE ZU TREFFEN, Mr. Vanderberg."

„Stone bitte und gleichfalls. Wir haben eine gemeinsame Freundin."

RAOUL NICKTE, seine sanften Augen tanzten. „Ah."

STONE GRINSTE. „Es ist so offensichtlich?"

„DAS DU UNSERE NANOUK MAGST? Ja, aber ich denke, dass beruht auf Gegenseitigkeit."

„TUT MIR LEID, wenn ich anmaßend erscheine."

„DAS TUST du nicht und mir gefällt es. Nan und ich sind Freunde seit dem College und das ist das erste Mal, das ich dieses gewisse Funkeln in ihren Augen gesehen habe. Entschuldige", Raoul lachte, als Stones Augenbrauen nach oben schossen. „Ich bin niemand, der um den heißen Brei herumredet. Du magst sie, sie mag dich – das wars. Tu ihr nur nicht weh, bla, bla."

STONE ENTSCHIED, dass er diesen Man sehr mochte. „Nan hat einen guten Geschmack bei ihren Freunden."

Raoul hob sein Glas. „Danke." Sein Lächeln verblasste etwas. „Ich bin nur dankbar, dass jemand, nun, auf sie aufpasst. Ich muss morgen früh weg und mit dem Smollett, der hier rumhängt..."

STONES HERZ SETZTE KURZ AUS. „Wer?"

RAOUL ZÖGERTE. „Sie wird mich wahrscheinlich umbringen, weil ich dir das erzählt habe..." Er erzählte Stone von Smolletts Versuch Nan zu vergewaltigen. „Er wurde vom Studio gefeuert und ich mache mir Sorgen, dass er es an ihr auslässt."

OH GOTT. „Sie hat es nicht erwähnt, aber wir haben uns ja auch erst kennengelernt. Aber ich werde ein Auge auf sie haben, keine Sorge."

„TUT MIR LEID, wenn ich die Stimmung verdorben habe."

„ERNSTHAFT, ich bin froh, dass du es mir erzählt hast. Ich..." Stone verstummte, als er Sheila Maffey in die Bar kommen sah. Eine Sekunde lang wartete er darauf, dass Nan ihr folgte und als Sheila ihn sah und zu ihm kam, schlug sein Herz etwas schneller. Ein ungutes Gefühl beschlich ihn. „Hey, Sheila... hat Nan dich gefunden?"

. . .

SHEILA ZWINKERTE. „Nan? Nein, warum?"

ERKENNTNIS BRACH sich ihren Weg ins Stones Hirn und er fluchte laut und stand auf. Seine Reaktion verunsicherte Raoul, der wahrnahm, dass etwas nicht stimmte. „Was ist los?"

„NAN WURDE MITGETEILT, dass sie sich mit dir in einem Restaurant in der Rue du Suquet treffen soll. Ich denke, ihr wurde eine Falle gestellt."
    „Oh nein! Von Smollett?"

„ER WILL sie allein treffen."

„OH GOTT... lass uns gehen!"

4
_____

KAPITEL 4

Nan sah die Nachricht nicht, die auf ihrem Handy blinkte, als sie hinaus auf die Straße ging. Als sie an einer Einfahrt zu einer kleinen Gasse vorbeiging, griffen starke Arme nach ihr und eine Hand legte sich fest über ihren Mund. „Sag nur ein Wort oder schreie und ich weide dich gleich hier aus, Schlampe."

Oh Himmel, nein... Duggan. Er zerrte sie rückwärts in die dunkel werdende Gasse hinein, blieb hinter einer Mülltonne stehen und schmetterte sie an die Wand. Vollkommen verängstigt schaltete Nans Körper ab und sie konnte nicht atmen. Sie spürte, wie sich etwas gegen ihren Bauch drückte – eine Waffe?

Duggans Gesicht war rot vor Wut. „Dank dir wurde ich gefeuert."

Nan schluckte schwer. „Das hast du dir selber zu verdanken, Duggan. Du kannst dich glücklich schätzen, dass ich nicht die Polizei angerufen habe."

Er lachte ihr ins Gesicht. „Schwer zu beweisen, wenn du tot bist, schönes Mädchen."

Jetzt spürte sie die Spitze eines Messers, die sich gegen sie drückte. „Wenn du mich umbringst, wirst du für immer ins Gefängnis gehen. Viele Menschen wissen bereits, was du mir angetan hast, Duggan."

„Als ob sie nicht davon ausgehen würden, dass das hier nur ein Nervenkitzel war. Ein schönes Mädchen ganz allein, vergewaltigt, ausgeraubt und dann erstochen? Das gibt es jede Woche, meine Kleine, und sie werden sich nicht einmal die Mühe machen, nachzuforschen.“

„Du willst mich wirklich umbringen, Duggan? Das soll dein Vermächtnis sein?“ Das Messer schnitt ihr jetzt in die Haut, durch den Stoff ihres weißen Kleides. Er brauchte nur noch etwas mehr Druck auszuüben und es würde tief in ihr weiches, verletzliches Fleisch schneiden.

Für einen langen Moment blieb die Zeit stehen und dann lächelte er. „Ja, das will ich wirklich. Tschüss, meine Schöne.“

Nan schloss ihre Augen und wartete darauf zu sterben.

Dann keuchte sie auf, als das Messer von ihr weggerissen wurde und sie öffnete ihre Augen und ihr Blick fiel auf Stone Vanderberg, der Duggan hochhob und auf den Boden schmetterte und auf ihn einschlug. Sheila und Raoul waren direkt hinter ihm, Sheila ging zu Nan und schlang ihre Arme um sie. Raoul half Stone dabei Duggan zur Straße zu ziehen, als ein paar Gendarme angelaufen kamen.

Nachdem man Nan stundenlang befragt hatte, erlaubten sie ihr endlich sich in einem Krankenhaus untersuchen zu lassen. Sie weigerte sich, doch Stone, Sheila und Raoul bestanden darauf. Duggan wurde verhaftet. „Er kommt besser nie wieder dort raus“, Stone hatte bereits die Polizei gewarnt.

Schließlich, als die Sonne aufging, gingen alle vier zurück ins Carlton. Die Nachricht von dem versuchten Mord hatte sich bereits verbreitet und Nan fand das Starren der Hotelangestellten aufdringlich und ärgerlich. Sheila küsste sie auf die Wange. „Kleine, ruh dich aus. Ruf mich an, wenn du bereit bist. Es tut mir so so leid.“

Nan sah wie Stone und Raoul einen wissenden Blick austauschten und Raoul kam, um sie zu umarmen. „Mein Flug geht in ein paar Stunden, aber ich kann ihn absagen.“

„Nein, bitte. Mir geht es gut“, sagte sie und umarmte ihn fest. Sie hörte wie er leise schluchzte.

„Es tut mir so leid, Nook.“

Sie wusste, dass er wegen dem, was passiert war, am Boden zerstört war. Er hatte gewusst, wie sehr Ettas Vergewaltigung und Selbstmord sie erschüttert hatten und jetzt war das hier passiert. Nan wusste, dass Raoul sich das sehr zu Herzen nahm

„Owl, mir geht es gut, versprochen."

Er musterte sie und nickte dann zu Stone hin. „Sei nicht zu feministisch, um Mr. Vanderberg auf dich aufpassen zu lassen."

Nan gluckste. „Versuchst du immer noch mich zu verkuppeln."

„Immer. Ich liebe dich, Nook."

„Ich liebe dich auch, Owl."

Endlich, als sie allein in ihrer Suite waren, setzen sie sich zusammen auf die Couch. Nan lächelte Stone an. „Das war eine wirklich seltsame Art sich kennenzulernen."

Stone grinste. „Ich bin einfach froh, dass es dir gut geht." Er sah auf ihr Kleid und sein Lächeln verblasste. Da war ein Blutfleck, der von der kleinen Wunde stammte, die Duggans Messer hinterlassen hatte.

„Mein Gott."

Nan wurde rot und bedeckte den Fleck mit ihrer Hand. „Mir geht es gut."

Stone starrte sie schweigend ein paar Minuten lang an dann beugte er sich langsam nach vorn und presste seine Lippen auf ihre. Der Kuss war sanft, brachte ihre Lippen aber zum Kribbeln. „Stone?"

„Ja, Baby?"

Sie streichelte sein Gesicht. „Wie wäre es, wenn wir das Kleid ausziehen und es in den Müll werfen?"

Sein Lächeln wurde breit. „Ich mag den Gedanken." Er stand auf und hielt ihr seine Hand hin, die sie ergriff und auch aufstand. Er zog sie in seine Arme und küsste sie, seine Finger öffneten zärtlich den Reißverschluss auf ihrem Rücken, quälend langsam, bis sie nur noch wollte, dass er ihr das Kleid vom Leib riss.

Aber er wusste was er tat – das war klar. Langsam ließ er das Kleid über ihre Schultern gleiten, küsste sie von ihrem Hals herab zu ihren Schultern, und als er das Kleid weiter nach unten schob, befreite er ihre Brüste aus dem mit Spitze besetzten BH und nahm ihre Brustwarze in seinen Mund. Nan keuchte und biss sich auf die Unterlippe, als seine Zunge um den kleinen Knubbel kreiste. Seine Hände lagen auf ihrer Taille, streichelten die weiche Haut, bevor seine Finger sich fester um ihr Fleisch krallten und sie näher zogen, sein Verlangen animalisch wurde.

Nan hätte schreien mögen, als sich sein Mund von ihrem Nippel löste, aber Stone hob sie grinsend hoch und trug sie ins Schlafzimmer. „Himmel, du bist eine wunderschöne Frau", murmelte er, als er ihr das Kleid auszog und sie auf das Bett legte. Seine Finger hakten sich in die Seiten ihrer Unterhose und er zog sie mit einer schnellen Bewegung über ihre Beine nach unten und legte sich ihre Beine dann über seine Schultern. In dem Moment, als seine Zunge um ihre Klit kreiste, wusste Nan, dass das eine der besten Nächte ihres Lebens werden würde. Stone neckte sie und bewegte seine Zunge so meisterhaft, dass Nan aufschrie, als er seine Zunge endlich tief in ihre Fotze schob, und sie kam fast im selben Moment, zitternd und bebend, außerhalb jeglicher Kontrolle.

Stones Lippen fanden ihren Mund, als sie an seinem Hemd zerrte, in dem dringenden Bedürfnis mit ihren Händen über seinen festen Körper zu streicheln. Die muskulösen Arme und Schultern, die zum Vorschein kamen, waren kräftig und steinhart.

Nan nahm seine Brustwarze in ihren Mund und spielte mit der Zunge damit, zufrieden, als sie sein erregtes Stöhnen hörte. Stone befreite sich schnell von seiner Hose und Unterhose und Nan streichelte seinen riesigen, dicken Schwanz an ihrem Bauch. Sein Blick war weich. „Ich habe mir das schon so lange vorgestellt..."

„Ich will dich in mir", flüsterte Nan, ihre Schüchternheit war von ihrem Verlangen nach ihm überwältigt und er nickte. Er griff nach seiner Hose und holte ein Kondom heraus. Nan grinste.

„Warum glaube ich, dass du immer vorbereitet bist?"

Stone gluckste und sie war froh, dass er während des Sex humorvoll war – es gab nichts Schlimmeres als einen ernsten Liebhaber.

Aber Stone war alles andere als das. Er lächelte sie an und strich mit seinen Lippen über ihre. „Nanouk..." Er stieß in sie und sie sog scharf die Luft ein, als er sie komplett ausfüllte.

Sie stöhnte lustvoll und Stone zog sie an sich, als sie sich zusammen bewegten. „Leg deine Beine um mich, meine Schöne, lass mich tiefer in dich eindringen."

Sie gehorchte ihm, neigte ihre Hüften zu seinen, drückte ihre Beine um seine Taille, während sie fickten. Stone küsste sie, legte seine ganze Leidenschaft in diesen Kuss. So wie sein Blick auf ihr ruhte, fühlte sich Nan wie das schönste Ding auf der Welt.

Ihre Körper passten perfekt zueinander, trotz des Größenunterschiedes. Ihr Bauch presste sich an seinen; ihre Brüste drückten sich gegen seine steinharte Brust. Sein Schwanz, dick, lang und kraftvoll, stieß immer wieder in ihre geschwollene, sensible Fotze und Nan schrie auf, als der Orgasmus sie überkam und drückte ihren Rücken durch. Stone stöhnte und kam auch, seine Lippen lagen an ihrer Kehle, sein Schwanz pumpte heftig.

Sie brachen gemeinsam auf dem Bett zusammen und Stone entschuldigte sich schnell, um das Kondom zu entsorgen. Nan versuchte wieder zu Atem zu kommen, ihr Körper fühlte sich irgendwie seltsam an, als wäre es nicht ihrer. Stone kam zurück und legte sich neben sie, zog sie an sich. Nan kuschelte sich an ihn, in seine Wärme. In seinen Armen fühlte sie sich sicher – etwas, das sie schon seit langer Zeit nicht mehr empfunden hatte.

„Alles okay?", fragte Stone mit zärtlicher Stimme und sie lächelte ihn an.

„Mehr als okay... das war unglaublich."

Er gluckste. „Ja, das war es..." Sie sahen sich lange in die Augen und Stone drückte dann seine Lippen auf ihre. „Nan Songbird... kommst du oft nach Manhattan? Aus anderen Gründen als Arbeit, meine ich."

Nan lächelte. „Das musst du nicht tun, Stone. Ich kenne die Regeln, nach denen Männer wie du spielen und es ist okay. Ich frage nicht nach mehr als diesen Moment hier mit dir."

Stone zwinkerte. „Ich meine es ernst was ich gesagt habe... ich würde dich gern wiedersehen."

Sie studierte sein Gesicht – er schien ehrlich zu sein und freudige Erregung fuhr durch ihren Körper.

„Wirklich?"

Sein Glucksen war leise. „Wirklich. Ich kenne meinen Ruf, Nan, und glaube mir, ich habe ihn mir verdient. Aber... das hier fühlt sich anders an. Spürst du das nicht auch?"

Langsam nickte sie. „Ja... aber ich habe auch nicht viel, mit dem ich es vergleichen könnte."

Stone sah verwirrt aus. „Was meinst du?"

Nan sagte nichts, erwiderte nur seinen Blick, sah, wie sich die Erkenntnis langsam darauf ausbreitete – und dann den Schock – der sich auf sein Gesicht schlich.

„Auf keinen Fall", sagte er leise.

Nun musste sie lachen. „Doch. Ich war eine Jungfrau."

„Heilige Scheiße."

Ihr Mund verzog sich zu einem Grinsen. „Also, das war jetzt irgendwie biblisch, ja." Stone lachte, aber seine Augen blickten noch verwirrt.

„Ernsthaft, Nan. Du wart noch Jungfrau?"

„Ich weiß, heutzutage ist das verrückt. Aber ich habe niemals den Drang verspürt mit jemanden ins Bett zu gehen. Ich nehme an, das ist irgendwie beschissen – ich bin achtundzwanzig Jahre alt, aber es sind ein paar Dinge passiert, als ich noch jünger war. Meine Schwester wurde vergewaltigt. Es hat mich beeinflusst." Nan hatte keine Ahnung, warum sie diesem Mann das alles erzählte, aber sie wollte, dass er sie verstand; warum sie so lange an ihrer Jungfräulich-keit festgehalten hatte und warum sie ihn auserwählt hatte, um sich endlich davon zu lösen. Als sie jetzt auf seine Antwort wartete, verspürte sie zum ersten mal Beklemmung.

„Süße Nan... meine Güte... du bist einfach... einzigartig." Stone schüttelte seinen Kopf und sie spürte, wie er seine Arme fester um sie schloss. „Danke für die Ehre... Himmel, das klingt bescheuert, aber ich meine es ernst."

Sie lächelte ihn an. „Aber es bedeutet nicht, dass du mir etwas schuldest. Darauf will ich hinaus. Ich weiß, wie die Welt funktioniert, weiß wie jemand der Macht hat und gut aussieht denkt. Ich bin kein kleines Mädchen."

„Nanouk Songbird, darf ich auch etwas sagen?", Stone lachte jetzt und sie musste über seinen Gesichtsausdruck kichern.

„Sicher, entschuldige."

„Zum ersten, hör auf dich zu entschuldigen. Zum zweiten... können wir das nicht alles einfach auf uns zukommen lassen? Zum ersten Mal in meinem Leben habe ich eine Frau in meinen Armen, die nicht an Stone Vanderberg – seinem Geld, Position, Gesellschaft oder irgendetwas von dem ganzen Bockmist interessiert ist. Das war mir vom ersten Moment an klar, als ich dich gesehen habe und du Sheilas Interview beendet hast. Du konntest mich durchschauen und ich kann dir gar nicht sagen, wie aufregend das für mich ist. Du bist eine Herausforderung und der Himmel weiß, ich brauche das in meinem Leben. Ich gebe zu, dass ich jahrelang alles gefickt habe, was mir über den Weg gelaufen ist und es hat Spaß gemacht. Schöne Frauen sind etwas tolles, Nan, auch wenn sie sich nicht mit dir vergleichen können."

Nan wurde bei seinem Kompliment rot. „Aber?"

„Aber keine von ihnen hatte jemals das Potential mehr zu werden, als nur ein Bettgefährte", sagte er ehrlich. „Aber bei dir... gibt es die Möglichkeit, dass ich etwas Außergewöhnliches gefunden habe, etwas, von dem ich bis jetzt noch nicht gewusst hatte, dass ich überhaupt danach suche."

Nans Emotionen schlugen Purzelbäume. „Was? Nach was suchst du denn?"

Stones gut aussehendes Gesicht wurde weich. „Einen besten Freund.", sagte er schlicht und Nans Augen füllten sich mit Tränen.

„Wirklich?"

Stone nickte, zog sie näher zu sich und küsste sie. „Wirklich." Und sie fingen an, sich erneut zu lieben.

KAPITEL 5

E ine Woche später näherte sich das Filmfestival seinem Ende. Sheila Maffey hatte den Preis für die beste Schauspielerin bekommen und gab eine Party für ihre Kollegen und Freunde. Sie hatte darauf bestanden, dass Nan Stone einlud und Nan hatte an dem Abend frei.

„Entspann dich, Liebes. Du warst mein Fels in der Brandung hier – wirklich." Sheila nickte zu Stone hin, der sich mit ein paar Leuten unterhielt. „Und Stone Vanderberg ist verrückt nach dir, das ist offensichtlich."

Nan war rot geworden, aber sie musste zugeben – es schien wirklich, als wäre Stone glücklich. Er sah jetzt auf, sein Blick wanderte sofort zu ihr und er zwinkerte ihr zu. Er war so groß, dass er die meisten anderen Gäste überragte. *Mein Liebhaber, mein Freund.* Die letzte Woche war in einem Wirbel aus Sex und Reden und Lachen vergangen und jetzt konnte sie sich gar nicht mehr vorstellen, wie es gewesen war, bevor sie ihn kennengelernt hatte.

Am Morgen, nach dem Ende des Festivals, wollte Stone sie mit zu seiner Privatvilla in Antibes nehmen. Er hatte Nan dazu überredet, eine Woche Urlaub zu nehmen. „Damit wir ein bisschen Zeit für uns haben, bevor wir uns wieder in unsere eigentlichen Leben stürzen –

wir können einen Weg finden, wie das zwischen uns funktionieren kann."

Nan hatte ohne zu zögern ja gesagt. Als die Party sich dem Ende näherte, erschien Stone wieder an ihrer Seite und ergriff ihre Hand. „Wollen wir?"

Ihr Herz klopfte, als sie durch die Nacht fuhren, das Verdeck des Mercedes, den Stone gemietet hatte, war offen. Nan ließ ihre langen Haare im Wind flattern und Stone grinste sie an, als sie versuchte es unter Kontrolle zu bringen. Nan gab bald auf und als Stone das Auto vor der Villa parkte, waren ihre Haare ein einziges Chaos aus verwirbelten Locken. „Mist", sagte Nan, versuchte es zu zähmen. „Wie kommt es, dass das in Filmen immer sexy aussieht und im wirklichen Leben sieht man aus wie ein Wischmopp?"

Stone brach in Gelächter aus. „Ja, aber ein sexy Wischmopp."

Nan grinste. Sie hatte festgestellt, dass Stone denselben albernen Humor hatte wie sie – etwas, das sie nicht erwartet hatte. Seine äußerliche Erscheinung war so ganz anders. Manchmal sogar ernst in seiner Männlichkeit, so dass Nan überrascht war, dass er so kindisch und albern wie sie sein konnte. Zwischen ihnen lag ein Altersunterschied von zwölf Jahren, aber sie hatte es bisher noch nicht gespürt.

Jetzt nahm er ihre Hand, als sie die warm beleuchte Villa betraten. „Sind noch andere Menschen hier?"

Stone schüttelte seinen Kopf. „Ich habe die Angestellten gebeten das Haus vorzubereiten, aber ansonsten... sind es nur wir zwei." Seine Stimme war zu einem sinnlichen Schnurren geworden und Nan zitterte vor Erwartung.

„Also hast du mich die ganze Woche für dich allein."

„Was sollen wir tun?" Stone grinste als er sie in seine Arme zog. Nan presste ihren Körper an seinen.

„Ich wüsste da ein paar Dinge..."

Knurrend hob er sie hoch und trug sie in die Villa, während sie wie wild kicherte. Sie schafften es nicht bis ins Schlafzimmer, bevor sie sich gegenseitig die Sachen vom Leib rissen. Sie liebten sich auf dem kühlen Fliesenboden, ignorierten den harten Boden, als sie sich hingebungsvoll fickten.

Am nächsten Morgen wachte Nan langsam auf, sie lag auf ihrem Bauch und spürte Stones Fingerspitzen, die über ihre Wirbelsäule glitten. Sie öffnete ihre Augen und lächelte ihn an. Seine tollen blauen Augen waren sanft und voller Bewunderung. „Mit dir aufzuwachen, Nan Songbird, ist die perfekte Art um den Tag zu beginnen."

„Kann ich nur zurückgeben." Nan konnte es nicht fassen, wie wohl sie sich bei diesem Mann fühlte – diesem Mann, dessen gesamte Familie und Status so weit über ihr standen.

Aber hier, in diesem mediterranen Paradies, konnte sie sich vormachen, dass sie nur zwei Menschen waren, die eine leidenschaftliche, humorvolle Affäre hatten und dass die Welt dort draußen, oder ihre Leben, nicht zählten.

Der Sex war der reine Wahnsinn. Stone war ein zärtlicher, meisterlicher Liebhaber und er machte Nan neugierig darauf Dinge auszuprobieren. Als sie ihm das sagte, lächelte Stone. „Wir können so viel ausprobieren, wie du möchtest, Baby."

Eines Abends, nach dem Abendessen in der alten Stadt, führte Stone sie durch die Straßen und fickte sie an einer der Steinwände in einer dunklen Gasse, während die Leute auf der Hauptstraße an ihnen vorbeigingen, seine Hand über ihrem Mund dämpfte ihre Lustschreie. Der Nervenkitzel erwischt zu werden, steckte sie an und Nan wusste, dass sie alles mit diesem Mann ausprobieren würde. Sie wollte gar nicht daran denken, dass sie bald wieder in die Staaten zurück gingen und dass die wirkliche Welt ihre kleine Blase zerstören würde.

Es war auch nicht nur der Sex. Sie redeten über ihre Familien. Stone erzählte ihr von seinem Bruder Ted, der Elisos Karriere managte, wie auch die von anderen Filmstars, und von seinen Eltern, die sehr liebevoll waren, aber in ihrer Oyster Bay Villa für sich blieben.

„Stehen du und Ted euch nahe?"

Stone nickte. „Ja – wir sind gute Freunde. Wir hatten eine Schwester, Janie. Sie starb, als sie gerade fünf war."

„Oh Gott, wie schrecklich. Es tut mir so leid. War sie krank?"

Stone schüttelte seinen Kopf. „Sie ertrank im Ozean neben unserem Grundstück. Ted war bei ihr. Ich glaube nicht, dass er sich selber das jemals verziehen hat, auch wenn er damals selber erst ein Kind gewesen war."

„Armes Ding", sagte Nan. „So viel Schmerz."

„Du hast deine Schwester erwähnt."

Nan nickte. „Etta hat mir alles bedeutet und als sie gestorben ist..."

„Ich weiß." Stone legte eine Hand an ihre Wange. „Du bist nicht mehr allein."

Nan schluckte schwer und wandte ihren Blick ab. „Versprich mir nichts Stone. Ich bitte dich darum. Versprich mir nichts."

Sie sprachen über ihre Träume. Stone und Nan teilten die Liebe für ihre jeweiligen Jobs. „Wenn ich wieder in New York bin", sagte Nan, „werde ich endlich dazu in der Lage sein im Kriminalrecht zu arbeiten. Ich bin so aufgeregt – das kann ich dir gar nicht sagen."

Stone grinste sie an. „Ich merke es. Warum das Kriminalrecht?"

„Es ist wie ein Puzzle, besonders wenn es um menschliche Motivation geht", sagte sie ehrlich. „Ich denke, es kommt vom Selbstmord meiner Schwester, um ehrlich zu sein... der Gedanke, was Menschen zu bestimmten Handlungen antreibt."

„Aber du wirst für einen Verteidigungsanwalt arbeiten?"

Nan nickte. „Die Erfahrung wird unschätzbar sein und Alan geht mit jemanden wie mir ein Risiko ein. Aber irgendwann, ja, würde ich gern Vergewaltiger verurteilen und von der Straße wegbekommen, aber es ist auch immer nützlich die andere Seite zu sehen."

Stone musterte sie. „Darf ich den Advokaten des Teufels spielen?"

Nan lächelte. „Fahr fort."

„Wie schaffst du es, dass Ettas Situation nicht deine Einstellung gegenüber den Verteidigern beeinflusst?"

Nan setzte sich auf. „Das ist eine gute Frage und ich habe sie mir selber schon sehr oft gestellt. Wenn ich jemals der Meinung gewesen wäre, dass ich meine persönlichen Gefühle nicht ausschalten kann, dann hätte ich mir einen anderen Job gesucht."

Stone nickte schweigend. Nan studierte seinen Gesichtsausdruck. „Du meinst, ich schaffe das nicht?"

„Ich würde niemals sagen, dass du zu etwas nicht in der Lage bist. Ich sehe doch, wie leidenschaftlich du bist."

Nan grinste und zappelte in seinen Armen. „Du bist voreingenommen."

Stone küsste sie, schloss seine Arme fester um sie. „Ich gebe zu, dass ich das bin."

„Also, du kennst jetzt meine Achilles Ferse... was ist deine?"

Stone zögerte. „Willst du das wirklich wissen?"

„Natürlich."

Er holte tief Luft. „Kinder."

„Kinder?"

Er nickte. „Das ist wahrscheinlich der Grund, warum ich vierzig bin und niemals geheiratet habe. Kinder. Ich will keine. Zu sehen, wie meine Eltern getrauert haben, nachdem Janie gestorben ist... ist etwas, das mir entsetzliche Angst einjagt – etwas zu verlieren, oder jemanden, wieder zu lieben."

Nan war schockiert. „Stone, wir alle verlieren Menschen."

„Ich weiß und ich weiß auch, dass es dumm ist den persönlichen Verlust zu minimieren. Ich habe mich mit der Tatsache abgefunden, dass meine Eltern und mein Bruder eines Tages sterben werden. Es ist der Grund warum ich nie jemanden zu nah an mich gelassen habe."

Nan nickte, schwieg aber lange Zeit nach seinen Worten. Es tat weh zu denken, dass ja, diese kurze Zeitspanne mit Stone nur temporär war, aber sie beide hatten das gewusst, nicht wahr? Es tat dennoch weh es laut ausgesprochen zu hören.

Stone merkte das Nan nach ihrer Unterhaltung stiller war und fragte sich, ob er ihre Gefühle verletzt hatte. Beim Abendessen, von Stone gemachtem Roastbeef und Salat, auf der Terrasse der Villa, nahm er ihre Hand. „Was ich gesagt habe, Nan... ich meinte damit nicht uns. Auch wenn ich mir zu diesem Zeitpunkt nicht sicher bin, was uns bedeutet."

„Lass uns diese Woche einfach genießen", sagte sie, lächelte ihn an. „Keine Versprechen – das haben wir doch gesagt."

„Das haben wir. Aber ich würde wirklich gern herausfinden, wohin uns das führt. Ich verstehe, wenn du Bedenken hast. Da ist der Altersunterschied zwischen uns."

„Das ist kein Problem, aber... Himmel, ich weiß nicht, Stone. Das ist alles neu für mich. Ich weiß nicht, was ich tun soll." Nan wandte den Blick ab und er war entsetzt, Tränen in ihren Augen zu sehen.

„Hey, hey, hey", sagte er leise, strich ihr über die Haare. „Weine nicht, Baby, es ist okay. Lass uns diese paar Tage einfach genießen."

Später, als sie nackt in seinem Bett lag, nahm Stone ihre Hand, drehte sie mit der Handfläche nach oben und küsste sanft ihr Handgelenk. „Nanouk Songbird, du hast mich verzaubert." Er hinterließ eine Spur aus Küssen ihren Arm hinauf, über ihre Schulter, bis hin zu ihrer Kehle. Nan schlang ihre Beine um seine Hüften, sah zu ihm auf und sein Mund fand ihren.

Seine dunklen Augen zogen sich zusammen, als er sie anlächelte und sein Schwanz tauchte tief in sie ein. Würde sie jemals genug von diesem Mann bekommen? Sein großer, kräftiger Körper dominierte ihren so vollständig, wenn sie fickten und sie wusste zu ihrem Leidwesen, dass sie niemals einen besseren Mann im Bett habe würde. *Oh verdammt, verdammt.* Nan wusste, dass sie sich in ihn verliebe und der Gedanke machte ihr Angst. Sie wusste, dass, wenn sie erst einmal aus ihrer Antibes Blase heraus waren, jeder noch so kleine Unterschied in ihren Leben anfangen würde Risse zwischen ihnen zu erschaffen – und der Gedanke daran machte es ihr schwer zu atmen.

Nein. Konzentriere dich. Konzentriere dich auf diese paar Tage und mache sie zu den besten Tagen deines Lebens.

Also schwammen sie im warmen Ozean, erkundeten die Altstadt, aßen in tollen Restaurants, gingen in verschiedenen Nachtklubs tanzen und liebten sich immer wieder. Stone brachte sie ständig zum Lachen. Der Anblick des riesigen Mannes, der wie ein Teenager herumalberte, wärmte ihr Herz und machte es ihr immer schwerer, dem Ende ihrer Beziehung entgegenzusehen.

Es war der Abend ihres letzten Tages und sie waren gerade von einem Tagesausflug nach Monaco wiedergekommen, erschöpft und hungrig. Sie aßen in einem kleinen Café in der Altstadt und gingen dann langsam zur Villa zurück. Beide waren still, ihre Finger ineinander verschränkt, wissend, dass sie bald wieder nach New York und in ihre richtigen Leben zurückkehren würden.

Im Schlafzimmer ließ Stone das Licht aus, der Vollmond warf ein ätherisches Licht durch die Fenster. Er zog langsam an dem Gürtel ihres Kleides und schob es von ihren Schultern, wollte Nan im Mondlicht anschauen. Ihre weiche Schönheit brachte ihn fast um: ihre großen schokoladenbraunen Augen, die zu ihm aufsahen, die sanfte Rötung ihrer karamellfarbenen Haut. „Es gibt keinen schöneren Anblick auf der Welt, als dich, Nan Songbird, in diesem Moment."

Sie blinzelte, ihr Mund verzog sich zu einem Lächeln, aber sie blieb still. Er befreite ihre Brüste aus dem BH und zog ihr Höschen über ihre Beine nach unten. Für eine solch zierliche Frau, hatte sie sehr lange Beine, gut geformt und straff. Stone fuhr mit dem Finger über ihren Bauch, legte seine Hand auf die sanfte Rundung. Er ging auf seine Knie und vergrub sein Gesicht in ihrem Bauch, seine Zunge zog Kreise um ihren Nabel.

Er spürte, dass sie zitterte, als er mit den Fingern über ihren inneren Oberschenkel fuhr, stoppte, bevor er ihre heiße Muschi berührte. Er neckte sie, streichelte jeden Zentimeter ihres Körpers, berührte aber niemals ihre Scham. Stone sah zu ihr auf. „Öffne diese wunderschönen Beine für mich, mein Liebling."

Nan zitterte als sie ihm gehorchte und er grinste. „Ich habe eine Idee. Vertraust du mir?"

Sie nickte und er stand auf, hob sie hoch und trug sie in die Küche, wo er sie auf einen Stuhl setzte. „Warte hier."

Im Schlafzimmer nahm er ein paar seiner Krawatten und brachte sie in die Küche.

„Wenn du willst, dass ich aufhöre, dann sag es einfach", sagte er als er eine Krawatte um ihre Augen schlang und ihr dann die Hände auf dem Rücken band. „Das soll Spaß machen, aufregend sein, aber wenn du Angst bekommst..."

„Das werde ich nicht." Nan grinste und spreizte ihre Beine

langsam und er konnte sehen wie erregt, wie nass sie für ihn war. Stone lächelte. Er kniete sich vor sie und leckte ihre Fotze, brachte sie noch mehr zum Zittern. „Das ist nur eine kleine Kostprobe, Baby."

Stone nahm einen Eiswürfel, steckte ihn sich in den Mund und fuhr damit von ihrer Kehle hinunter zu ihrem Nabel. Zwei Finger seiner linken Hand glitten in ihre schlüpfrige Fotze und sein Daumen massierte ihre Klit. Mit dem Eiswürfel auf seiner Zunge, nahm er ihre Nippel in den Mund und reizte und neckte sie, bis Nan auf dem Stuhl zappelte und sie die Lust fast nicht mehr aushielt. Ihre Scham war nass, ihre Säfte bedeckten seine Hand und Stone triumphierte. Er fuhr mit dem Eiswürfel wieder über ihren Bauch und kreiste um ihren Nabel, dann weiter nach unten, über ihr Geschlecht, als sie vor Erregung laut stöhnte.

Ihre Klit reagierte auf seine Zunge, wurde hart und pulsierte vor Verlangen. Der Eiswürfel schmolz schnell und er vergrub sein Gesicht an ihrem Geschlecht, seine Zunge tauchte tief in sie ein, immer wieder, bis Nan aufschrie, kam, ihr gesamter Körper bebend und mit Schweiß bedeckt.

Stone lächelte und kam hoch, um sie auf den Mund zu küssen. „Kannst du dich auf mir schmecken, Baby? Du schmeckst wie Honig." Er küsste sie, seine Zunge spielte mit ihrer. „Nan?"

„Ja?" Sie war atemlos, komplett unter seiner Kontrolle.

„Ich werde dich jetzt ficken, bis du weinst, schönes Mädchen."

Sie stöhnte und es war für ihn so ein magischer Klang, dass er es nicht mehr erwarten konnte in ihr zu sein. Er zog seine Hose aus und befreite seinen Schwanz, der pochend dagegen drückte und befreite ihre Hände, rollte sie auf den Boden, immer noch mit verbunden Augen. Nan kicherte und keuchte dann, als er heftig in sie stieß, seine Hände drückten ihre fest auf den Teppich, seine kräftigen Beine spreizten ihre weit, seine Oberschenkel lagen schwer an ihren. „Sag mir, dass du mir gehörst, Nanouk Songbird."

„Ich gehöre dir", flüsterte sie und ihre Stimme brach leicht. „Ich gehöre dir, Stone..."

Stone rammte seine Hüften fester gegen ihre, brachte ihre Fotze um seinen Schwanz zum pulsieren. Ihr Atem vermischte sich, ihre Küsse waren feucht und animalisch, hungrig nach dem anderen.

Nan spürte wie sich ein heftiger Orgasmus in ihr aufbaute, jede Zelle in ihrem Körper stand in Flammen und als er sie traf, fühlte es sich an, als würde sie sterben, als ob sie sich nicht mehr in ihrem eigenen Körper befand und dem Himmel entgegen schwebte. Stone hörte auch nicht auf als sie aufschrie. Er riss die Augenbinde von ihrem Gesicht und sie starrte in seine blauen Augen, die jetzt schwarz zu sein schienen und voller Verlangen und Gefahr waren.

Ich könnte direkt hier sterben, dachte sie, *und es wäre mir egal.* Die Leidenschaft, die sie fühlte und das animalische Verlangen in seinen Augen machten ihr ein bisschen Angst. Die Heftigkeit der Gefühle, die sie für diesen Mann hatte, machten ihr Angst.

„Du machst ich verrückt", knurrte Stone als er kam, sein Schwanz pulsierte, als er in sie spritzte. Nanouk spürte die Kraft seines Orgasmus – war das Kondom gerissen?

Sie sah in Stones Augen, dass er dasselbe dachte. „Es ist okay", sagte sie sanft. „Ich nehme die Pille."

Die Erleichterung, die sie in seinen Augen sah, weckte in ihr einen seltsamen Schmerz, den sie nicht verstand. Er küsste sie zärtlich, als ob sie die kostbarste Frau war, die er jemals in seinen Armen gehalten hatte und sie wusste, dass das nicht so sein konnte.

Als er sie in eine warme Umarmung zog, ihr Kopf an seiner harten Brust, kamen Nan plötzlich die Tränen. Das war alles nur eine Illusion – eine schöne Illusion, ja – aber es bestand keine Chance, dass das hier außerhalb dieser Woche weiterbestehen würde.

Geniess es einfach, hör auf nachzudenken. Aber sie wollte einfach weinen und niemals wieder aufhören. *Mist.* War es nicht das Gefühl, vor dem sie ihr ganzes Leben lang weggelaufen war? Und das alles hatte in weniger als einer Woche ihren inneren Frieden zerstört. Sie sah in die Augen des Mannes, dem sie sich hingegeben hatte und spürte wie Panik in ihr aufstieg. *Ich bin verloren,* dachte sie, *und es wird höllisch wehtun Auf Wiedersehen zu sagen.* Stone beobachtete sie, seine Augen neugierig, sah ihren inneren Widerstreit.

„Was ist los, Baby?" Seine Stimme war leise, voller Liebe und Mitgefühl, aber sie schüttelte nur ihren Kopf.

„Nichts. Halt mich einfach, bitte."

Stone wartete, bis Nan eingeschlafen war und schlüpfte dann aus dem Bett, stand davor und sah sie an. Er wollte nicht an morgen denken, aber sein Leben war viel zu kompliziert, als das er sie bitten konnte, es mit ihm zu teilen. Nanouk verdiente etwas Besseres, als nur einen Teilzeitliebhaber und Stone wusste sehr gut, dass er etwas Abstand brauchte, bevor er sich zu sehr verliebte.

Denn es würde sehr leicht sein sich in Nanouk zu verlieben – sehr sehr leicht – und Stone sagte sich selber nachdrücklich, dass er sich nicht verliebt hatte, aber er wusste, es war eine Lüge und er kam damit nicht klar. Was war wenn er ihr weh tat? Sie war zu gut für ihn – er wusste das. Sie verdiente einen Beschützer, einen Helden, einen Ebenbürtigen und Stone Vanderberg wurde klar, das er nicht genug für sie war.

Himmel, der Gedanke, sie ab morgen nicht mehr zu sehen, sie zu berühren, sie zu lieben, brachte ihn um und deshalb musste er die Dinge beenden. Sie hatten sich bis Morgen versprochen und so sehr es auch weh tun würde, er würde es dabei belassen.

Er ging in die Küche, nahm ein Glas eiskaltes Wasser für seine ausgetrocknete Kehle.

Stone schloss seine Augen. *Verliebe dich nicht in sie, verschwende aber auch keine einzige Sekunde, in der sie in deinen Armen sein könnte.*

Er ging wieder ins Bett und zog sie in seine Arme. Nan öffnete ihre dunkelbraunen Augen und lächelte ihn verschlafen an und sie begannen langsam sich zu lieben, wissend, dass es das letzte Mal sein könnte.

Als er am Morgen erwachte, war Nan verschwunden.

KAPITEL 6

N*ew York*

EIN JAHR SPÄTER...

ALAN ELIZONDO LÄCHELTE seine Junior Anwältin an, als sie sich auf das Treffen mit ihrem neuesten Kunden vorbereiteten.

"BIST DU AUFGEREGT?"

NAN NICKTE, ihr Magen drehte sich vor Aufregung und Erwartung um. "Es ist nur ironisch, das ist alles. Ich habe die ganzen Jahre lang daran gearbeitet dem Entertainment zu entfliehen und mein erster großer Kriminalfall ist es, einen Filmstar zu verteidigen."

· · ·

ALAN GLUCKSTE. "Nan, so läuft es nun mal. Eliso Patini ist ein unschuldiger Mann, ob er nun ein Filmstar ist oder nicht."

"Du bist von seiner Unschuld überzeugt."

ALAN NICKTE. Sie saßen in Alans großen Konferenzzimmer, in seinem Büro in Manhattan, warteten auf die Ankunft ihres Klienten und seiner Entourage. Die schockierenden Neuigkeiten, dass Eliso wegen Mordes an einem Fan angezeigt worden war, hatten sich innerhalb weniger Tage um den ganzen Globus verbreitet und als Alan Nan gesagt hatte, dass Eliso seine Firma damit beauftragt hatte ihn vor Gericht zu vertreten, hatte Nan geseufzt. Eine weitere Erinnerung, als ob sie die brauchen würde, an Stone Vanderberg. Es schien, als ob sie sogar nach einem Jahr dem Mann nicht ausweichen konnte, dessen Bett sie in den frühen Morgenstunden im Mai vor einem Jahr verlasen hatte.

SIE SCHÜTTELTE DEN GEDANKEN AB. "Wenn ich eines über Filmstars gelernt habe, dann ist es, dass sie normalerweise mit einer ganzen Flotte an Yes Men auftauchen, also erwarte ich, dass wir uns klar ausdrücken müssen."

"GUTE INFO." ALAN lehnte sich zurück. "Ich hoffe, du wirst die Führung übernehmen, Nan, ich werde dich dabei beobachten, wie du den Mächtigen die Wahrheit sagst."

"Klar. Ich habe Patini letztes Jahr in Cannes fast kennengelernt."

"FAST?"

· · ·

NAN GRINSTE. "Ich war eingeladen ihm und seine Freunden beim Abendessen Gesellschaft zu leisten.. aber ich habe mich stattdessen mit Owl getroffen."

ALAN LACHTE LAUT. "VERSTEHE."

ES KLOPFTE an der Tür und Michael, Alans effizienter persönlicher Assistent, steckte seinen Kopf zur Tür herein. "Mr. Patini ist hier."

"SCHICK SIE HOCH. DANKE, MICHAEL."

"WIE VIELE SIND ES?", fragte Nan Michael, bevor er verschwand.

"OH, VIELE", sagte Michael mit einem hinterlistigen Grinsen und gluckste, als er die Tür schloss.

Ein paar Augenblicke später standen Nan und Alan auf, als Eliso Patino und seine Freundin Beulah – und sonst niemand – den Raum betraten. Der Schauspieler, unglaublich gut aussehend mit seinen dunklen Locken und den leuchtend grünen Augen, sah erschöpft aus und irritiert, als er Alan die Hand schüttelte und dann Nan. Beulah, wunderschön und exotisch, sagte Hallo; in ihren Augen leuchtete Erkennen auf, als sie Nan ansah und dann lächelte.

"ELISO", fing Alan an, seine Stimme warm und mitfühlend. "Warum erzählst du uns nicht, was passiert ist?"

. . .

ELISO RIEB sich über das Gesicht, dunkle Ringe lagen unter seinen Augen. "So habe ich die Dinge erlebt, also wenn es Abweichungen von der tatsächlichen Wahrheit gibt, dann weiß ich nichts davon."

"VERSTANDEN. Ich will es von dir hören."

ELISO SEUFZTE. "Letzten Montag Abend, waren Beulah und ich auf einer Spendengala in der Upper East Side – eine Veranstaltung für eine AIDS Stiftung, mit der ich eng zusammenarbeite, seit mein Bruder gestorben ist. Es waren eine Menge meiner Fans dort, Fans die viel Geld bezahlt hatten, um dort sein zu dürfen und ich wollte sichergehen, dass sie alle für ihre Großzügigkeit belohnt würden. Also wurden vor der Gala Cocktails serviert und ein Meet and Greet arrangiert."

BEULAH MISCHTE SICH EIN. "Eli ist mehr als großzügig mit seiner Zeit und so hat sich das Meet and Greet über drei Stunden gezogene. Die meisten seiner Fans waren sehr glücklich, sie hatten ihn persönlich kennengelernt, hatten sich ihre Unterschriften geholt und hatten eine wunderbare Zeit. Erst bei der letzten Gruppe wurden die Dinge... seltsam." Beulah legte ihre Hand in Elisos und Nan war von der anderen Frau sehr angetan. Sie unterstützte ihren Mann und Nan fand das rührend.

"DEFINIERE SELTSAM." ALAN machte sich Notizen auf einem Block.

"DA WAR EINE JUNGE FRAU, ein dunkelhaariges Mädchen, die nicht... Himmel das klingt so falsch, aber es schien, als würde sie nicht das Geld haben, um dort sein zu können." Beulah verzog das Gesicht, als sie das sagte. "Tut mir leid, ich will auf keinen Fall elitär klingen."

"Aber es ist die Wahrheit", sagte Eliso in seinem tiefen, melodiösen italienischen Akzent. "Und es war nicht nur das... ihr Verhalten war unangenehm. Mr. Elizondo, Ms. Songbird, ich hatte früher schon Stalker – Fans, die die Grenze überschreiten. Das hier war anders. Sie starrte mich an als ob... Himmel ich weiß nicht, wie ich es beschreiben soll."

"ALS OB SIE IHN HASSTE", beendete Beulah den Satz für ihn. "Und... sie hatte Einstichspuren. Ich habe sie gesehen, auch wenn sie schnell ihre Arme bedeckt hat. Dann, aus dem Blauen heraus, fing sie an zu schreien."

EINE GÄNSEHAUT BREITETE sich auf Nans Armen aus und sie fror. Beide, Eliso und Beulah, sahen sie und Beulah nickte. "Ja, genau. Es war so schockierend. Sie schrie und ging auf Eliso los. Man sieht die Kratzer auf seinem Gesicht."

"MEIN BODYGUARD HAT SIE WEGGEZOGEN, aber bevor man sie hinaus werfen konnten, schrie sie mich an, dass ich dafür bezahlen würde was ich ihr angetan hatte." Eliso schloss seine Augen und schüttelte seinen Kopf. Er sah richtig krank aus. "Ich schwöre euch beiden, dass ich das Mädchen noch niemals zuvor in meinem Leben gesehen habe. Niemals."

BEULAH SAH DÜSTER AUS. "Am nächsten Morgen kam die Polizei. Das Mädchen war erstochen aufgefunden worden, in einer Gasse hinter unserem Hotel. Sie haben ein Messer gefunden."

"EIN MESSER, von dem sie schwören, dass es die DNA eines Mannes an sich hat", beendete Eliso, dessen ganzer Körper in sich zusammengesunkenen war. "Ich habe ihnen natürlich sofort eine Probe von mir angeboten. Es war ja unmöglich das es dieselbe sein konnte. Ich schwöre beim Grab meines Vaters... ich habe das Mädchen nicht umgebracht, und ich habe keine Ahnung, warum sie mich angegriffen hat. Die Polizei hat ein Tagebuch gefunden, in dem eine jahrelange Affäre zwischen uns bis ins kleinste Detail beschrieben steht, die in einer Abtreibung geendet hat. Natürlich ist es die Arbeit eines Fantasten, aber, und nun kommt es – sie wusste Dinge von mir, die sie unmöglich hätte wissen können, von meinem Leben."

"Und dem Gericht reicht das als Beweismaterial, um eine Gerichtsverhandlung zu haben?"

Eliso nickte. "Er ist... ich denke er ist auch darauf hinaus seinen Ruf zu verbessern, aber vielleicht bin ich auch nur etwas verbittert."

"Wäre nicht das erste Mal." Alan nickte, aber Nan runzelte die Stirn.

"Mr. Patini..."

"Eliso bitte." Er sah sie an und sie sah wie Erkennen in seinen Augen aufblitzte. "Haben wir uns nicht schon irgendwo getroffen?"

"Fast. Vor einem Jahr in Cannes." *Erwähne jetzt nicht Stone, bitte.* "Wir haben uns im Grand Salon im Carlton zugenickt."

"Oh ja. Nun es ist schön dich wiederzusehen, sogar unter diesen Umständen."

. . .

NAN LÄCHELTE. "Dich auch. Euch beide. Aber ich muss fragen – es scheint mir, als ob euch jemand eine Falle stellt, seid ihr also bereit mit uns über eure Beziehung zu reden und dabei ganz offen zu sein?"

"EINHUNDERT PROZENT", sagte er und Nan glaubte ihm. Dieser Mann sah am Boden zerstört aus.

"GUT", sagte Alan und nickte Nan anerkennend zu. Sie hatte mit diesen Fragen alles richtig gemacht. "Wir lassen uns ein paar Erfrischungen kommen. Habt ihr Zeit jetzt gleich anzufangen?"

ELISO UND BEULAH NICKTEN. "Wir sind zu allem bereit."

SIE REDETEN STUNDENLANG und Nan war zufrieden, dass, als Elsios seine Freundschaft mit Stone beschrieb, sie es schaffte, professionell zu bleiben und einen neutralen Gesichtsausdruck beizubehalten – auch wenn sie spürte, wie Beulah sie immer musterte, wenn der Name erwähnt wurde. Sie war der anderen Frau dankbar, dass sie nichts sagte. Hier ging es nicht um Stone oder sie.

ELISO UND BEULAH gingen gegen sechs Uhr Abends und Alan sah seine junge Assistentin an. "Was denkst du?"

"ICH DENKE wir müssen alles erdenkliche tun, um diesem Mann zu helfen." Nan nickte ihrem Boss zu und Alan lächelte.

„GANZ DEINER MEINUNG. Die Polizei muss verrückt sein – der Beweis ist mehr als dünn, auch die DNA. Wenn es für uns so offensichtlich ist, dass Patini hier auf den Arm genommen wird, warum zur Hölle sollte die Polizei das dann verfolgen?"

"WIR MÜSSEN HERAUSFINDEN wer Eliso da eins auswischen will und das schnell, bevor sein ganzes Leben zerstört ist."

NAN WARF einen Blick auf die Uhr. "Verdammt. Al..."

"GEH, es ist okay. Tut mir leid, dass ich die Zeit vergessen habe."

NAN LÄCHELTE IHREN BOSS AN. "Du weißt, dass du der Beste bist, nicht wahr?"

"Oh, das weiß ich." Alan gluckste, als er seine Papiere zusammenlegte. "Kann ich dich später anrufen? Noch ein paar Dinge durchsprechen?"

"ABSOLUT."

NAN NAHM den Zug zurück nach Oyster Bay, in ihrem Kopf wirbelten die Gedanken um Elisos Fall. Sie mochte den Mann und seine tolle Freundin sehr und wollte ihnen helfen. Himmel, sie liebte ihren Job; die Aufregung, die Spannung, das Adrenalin. Sowohl Nan als auch ihre Kollegen, hatten im letzten Jahr herausgefunden, wie hartnäckig sie sein konnte, wenn sie sich in einen Fall verbissen hatte – es hatte Nan überrascht, aber sie wusste, dass sie endlich ihre Berufung gefunden hatte. Alan war sehr wählerisch, wenn es darum ging wessen Fall er annahm; er glaubte daran, dass seine Kunden unschuldig waren und seine Erfolgsrate war so hoch, dass er die offensichtliche Wahl für diejenigen war, die falsch eines Verbrechens bezichtigt wurden.

Nan respektierte die Tatsache, dass er die Fälle nach Gefühl auswählte und nicht danach, wie viel Geld sie einbrachten.

Der Zug hielt an und sie trat hinaus in den warmen Abend. Nan schaltete von Arbeit auf Freizeit um und wandte ihre Gedanken dem kleinen Mädchen zu, das in der Kinderbetreuung auf sie wartete.

Carrie grinste sie an, als sie sich dafür entschuldigte, dass sie so spät kam. "Mach dir deshalb keine Sorgen. Sie ist ein Engel gewesen."

Sie gab Nan das drei Monate alte Baby, die mit ihren dunkelblauen Augen, die sie von ihrem Vater geerbt hatte, zu ihrer Mutter aufsah. Ettie. Kleine Ettie. Sie hatte sie nach ihrer Schwester benannt und sie war ohne Zweifel seit ihrer Geburt die große Liebe von Nan.

Ihre Tochter... Stone Vanderbergs Tochter...

KAPITEL 7

S tone rief Eliso später am Abend an. „Wie ist es gelaufen?"

„Gut, denke ich. Elizondo ist ein kluger Mann." Eliso klang müde und erschöpft. „Gott, Stone, wie konnte ich das nur geschehen lassen?"

„Du hast gar nicht geschehen lassen, Kumpel. Jemand treibt ein böses Spiel mit dir." Stone zögerte. „Hast du sie gesehen?"

„Wenn du von der liebreizenden Ms. Songbird sprichst, dann ja." Eliso gluckste leise. „Ich denke, sie auf meiner Seite zu haben ist gut. Sie scheint fähig und hartnäckig zu sein."

Stone hielt sich davon ab noch weitere Fragen zu stellen. Schließlich ging es ja darum Elisos Unschuld zu beweisen, und nicht um die Frau, an die Stone in jeder Sekunde, seit sie letzten Mai aus seinem Bett verschwunden war, gedacht hatte. „Hör zu Kumpel, alle stehen hinter dir. Ich, Ted, Fen, wir alle."

„Ich weiß und glaub ja nicht, dass ich dafür nicht dankbar bin. Ich habe es einfach so satt darüber zu reden. Wie läuft es mit dem Magazin?"

Das letzte Jahr lang hatte Stone damit verbracht sein eigenes Magazin herauszubringen, ein kleiner Ausflug um seine bereits wachsende Position in der Verlagswelt zu festigen. Er konzentrierte sich auf seine Heimatstadt Oyster Bay und richtete die Aufmerksamkeit auf das Leben der Long Islander. Er hatte jetzt schon seit Monaten an einem kleinen Magazin für die Presse gearbeitet, aber in letzter Zeit hatte sich Stone gefühlt, als ob er nicht mehr vorankäme. Warum tat er das eigentlich? Er war seit einer geraumen Zeit nicht mehr in Oyster Bay gewesen und hatte sich selber eingeredet, dass es war, weil sein Leben sich in Manhattan abspielte und nicht in der winzigen Stadt auf der Nordseite von Long Island.

Aber irgendwie hatte er sich dadurch mit Nan verbunden gefühlt, wie weit hergeholt das auch sein mochte, und es hatte ihn ein bisschen getröstet. Als sie ihn an diesem Tag verlassen hatte, hatte er gewusst, dass sie das Richtige für sie beide getan hatte, aber er bekam sie einfach nicht aus seinem Kopf. Es hatte ihn jedes bisschen Stärke gekostet sie nicht aufzusuchen und mit seinem Leben weiterzumachen, aber er hatte es geschafft.

Er hatte sogar mit ein paar anderen Frauen geschlafen, versucht, wieder in die Routine seines Liebesleben zurückzufinden, aber sein Herz war nicht dabei.

Er plauderte noch ein paar Minuten lang mit Eliso und legte dann auf. Er warf einen Blick auf die Uhr und fragte sich, ob er ausgehen sollte, ein paar Drinks haben... und versuchen nicht nach Long Island hinaus zu fahren. *Du weißt gar nicht wo sie wohnt,* dachte er bei sich. Nicht das es ein Problem darstellen würde das herauszufinden – seine Familie beschäftigte ausreichend Privatdetektive, sodass niemand sich vor den Vanderbergs verstecken konnte.

Ein Jahr. Sollte er es wagen wieder Kontakt zu ihr herzustellen? Würde es wirklich so gefährlich sein? Falls Elisos Fall vor Gericht landen würde, dann würde er Nan sowieso wiedersehen – warum also das Unvermeidliche hinauszögern und sich nicht schon Privat mir ihr treffen?

Zufrieden, dass er einen guten Grund gefunden hatte, um sich mit ihr zu treffen, rief er einen seiner besten Detektive an und bat ihn herauszufinden, wo sie auf der Insel wohnte. Wenn er ihr rein zufällig über den Weg laufen würde, dann wäre das nur um so besser.

Stone ging auf einen Drink aus, gut gelaunt über seine Entscheidung und ein paar Stunden später war er in der Wohnung einer
jungen Frau, hatte Sex mit einem Mädchen dessen Namen er nicht
kannte. Es war ein Fehler und er fühlte sich mies als es vorbei war
und das Mädchen Tränen in ihren Augen hatte. „Es tut mir leid,
Süße."

Auf seinem Weg zurück in sein Apartment, fühlte er sich schrecklich, dass er so leichtfertig mit dem Herzen eines anderen Mädchens
umging, wenn sein eigenes sich bei einer schönen Frau in Oyster Bay
befand.

„Scheiß drauf." Stone schüttelte seinen Kopf. Warum suchte er
sich noch andere Frauen, wenn er doch bereits wusste, dass sein Herz
vergeben war? *Werd verdammt noch mal erwachsen, Vanderberg und geh
zu Nan und erzähl ihr, was du für sie empfindest, dass es dich umbringt
nicht mit ihr zusammen zu sein. Tu es einfach.*

Nachdem er das beschlossen hatte, fühlt er sich besser und als
sein Privatdetektiv ihm Nans Adresse gab, wusste er, dass er das Richtige tat. Er nahm an, dass sie ein Arbeitstier war, also dachte er sich,
dass Sonntag wohl der beste Tag war um sie aufzusuchen. Das gab
ihm drei weitere Tage, um sich vorzubereiten, aber eines war sicher.

Er würde Nanouk Songbrid wieder in sein Leben holen.

Eliso Patini umarmte seine Schwester Fenella. „Fen, mir tut das
alles schrecklich leid."

Die dunkelhaarige Frau musterte ihren Bruder aufmerksam. „Eli..
du siehst müde aus."

„Das bin ich auch. Ich schlafe im Moment nicht so gut." Eliso sah
wie Fenella Beulah einen schnellen Blick zuwarf, die sie ausdruckslos
ansah. Es wurmte ihn, dass Fen und Beulah sich nicht gut verstanden, aber im Moment brauchte er sie beide.

Sie wohnten in einem hochklassigen Hotel in Manhattan und
Fen war gerade erst heute Morgen aus Rom angekommen.
Nachdem sie Fen vom Flughafen abgeholt hatten, hatten sie sich
alle mit Elisos Anwälten getroffen, Fen hatte alle ausgefragt – ihre
Angst um Elisos Position machte sie kampflustig und ein bisschen
aggressiv. Doch beide, Alan Elizondo und Nan Songbrid hatten

Fens Fragen ausreichend beantwortet und mit eigenen zurück-
gefeuert.

„Ich möchte mehr über die DNA wissen... warum verflogt er
einen so fadenscheinigen Fall?"

Alan hatte geseufzt. „Er, Miles Kirke, denkt nicht, dass es faden-
scheinig ist. Er will unbedingt einen Fall eines reichen Mannes, der
mit Mord davonkommen will, daraus machen – zumindest vor der
Presse."

„Und die Presse wird versuchen dein Leben zu ruinieren", sagte
Nan, ihre warmen brauen Augen mitfühlend auf Eliso gerichtet. „Wir
wissen alle wie sie sind, deshalb müssen wir immer, immer so
auftreten als stünden wir darüber. Jede Frage ehrlich beantworten.
Jede Herausforderung annehmen. Wir wissen das du unschuldig bist
Eliso, aber wir müssen es der Welt glasklar machen – du hast nichts
zu verstecken. Ich verspreche, wir werden alles in unserer Macht
stehende tun, um das in Ordnung zu bringen."

Später hatte Fenella Ihrem Bruder ihrer Einschätzung gegeben.
„Ich mag sie, besonders die junge Frau. Sie hat Mut. Sie wird sich von
diesem Kirke nichts gefallen lassen." „Ich hoffe nicht." „Stone kennt
Nan Songbird", sagte Beulah beiläufig. „Und er kann Menschen gut
einschätzen."

Fen rollte mit den Augen. „Ich glaube nicht, dass wir den
Charakter von jemand anderem aufgrund von Stone Vanderbergs
Sexleben einschätzen sollten... Ich nehme an, das ist es, was du mit
kennen meinst."

Beulah seufzte. Fenella hatte sie niemals gemocht – Beulah hatte
Elisos Eltern für sich gewonnen, als sie sie kennengelernt hatten,
aber Fen war niemals jemand gewesen, der Freundinnen gehabt
hatte. Eliso hatte sich bei Beulah nach ihrem ersten Zusammen-
treffen entschuldigt. „Meine Schwester ist nicht einfach, aber sie
meint es gut."

Beulah war sich da nicht so sicher. Fen schaffte es alles zu verdre-
hen, was Beulah sagte, um sie dumm klingen zu lasen und sah auf
Beulahs Karriere herab. Zuerst fühlte sich Beulah dadurch herausge-
fordert, sorgte dafür, dass Fen wusste, dass Beulah nicht nur eine

erfolgreiche Geschäftsfrau und Modell war, sondern auch einen Universitätsabschluss hatte. Nachdem sie erkannt hatte, dass Fen ihre Meinung über sie bereits verfasst hatte, hatte Beulah aufgehört die Schwester ihres Freundes beeindrucken zu wollen und hatte sich von ihr fern gehalten.

Beulah küsste Eliso auf die Schläfe. „Ich nehme ein Bad."

Sie nahm ihr Handy, als sie ins Badezimmer ging und suchte in ihrem Telefonbuch nach Nans Nummer. Beulahs Freunde waren auf der ganzen Welt verstreut, ihre Familie war in England, aber jetzt, hier in New York, mit Fen, fühlte Beulah sich plötzlich sehr einsam.

Nan hatte ihr ihre persönliche Nummer gegeben. „Du kannst immer anrufen, auch wenn du einfach reden willst."

Beulahs Finger schwebten über dem kleinen Knopf. Auch wenn sie die junge Anwältin bewunderte, kannte sie sie nicht – auch wenn Beulah wusste, dass Stone immer noch an ihr hing. Würde sie in ihre Privatsphäre eindringen, wenn sie Nan anrief?

Sie drückte auf den Anrufknopf und ein paar Sekunden später hörte sie Nans leise Stimme. „Nan? Ich bin es, Beulah Tegan."

„Hey, wie geht es dir?"

„Ich bin..." Beulahs Stimme brach. „Nicht so gut. Ich habe unglaubliche Angst, um ehrlich zu sein, wegen Eliso. Was passieren könnte. Ich muss einfach mit jemandem reden. Tut mir leid, wenn ich dich belästige."

„Überhaupt nicht. Wollen wir uns morgen auf einen Kaffee in der Stadt treffen? Ich kann mir ein paar Stunden frei nehmen, wenn du möchtest."

„Oh, bist du sicher?" Beulah spürte wie die Last von ihren Schultern nachgab. „Ich will mich nicht aufdrängen."

„Tust du nicht. Ich würde das sehr gern tun. Sagen wir im Maman, in Soho, Mittag?"

„Perfekt. Danke, Nan, das weiß ich wirklich zu schätzen."

Beulah verabschiedete sich und ließ sich Wasser in die Badewanne. Sie musste mit einer Frau reden und über Fenella. Außerdem, sie lächelte in sich hinein, würde es nicht schaden herauszufinden, wie Nan zu Stone stand. Vielleicht würde aus dem

ganzen Stress etwas Gutes herauskommen und sie konnte Stone
wieder glücklich machen. Sie hatte gesehen, wie schlecht es ihm
gegangen war, nachdem Nan fort war – sogar wenn er versucht hatte
es mit Humor zu überspielen. Sie hatte es Eliso gegenüber erwähnt,
der mit den Augen gerollt und ihr gesagt hatte, sie solle sich da raus
halten, aber Beulah hatte sich dazu entschlossen das zu ignorieren.

Was konnte es schon schaden?

KAPITEL 8

Stone hob ab, als sein Privatdetektiv ihn anrief und schrieb sich sorgsam die Adresse von Nan in Oyster Bay auf. Er kannte die Straße – sie war gesäumt von kleinen Häuschen und es war eine ruhige, familiäre Nachbarschaft. Er war nicht überrascht – er hätte niemals angenommen, dass Nan in einer luxuriösen Wohnung wohnen würde. Nicht das sie es nicht elegant mochte, aber sie war niemand der Statussymbole brauchte, um sich vollendet zu fühlen. Er liebte das an ihr.

„Himmel, hör dir selber mal zu", murmelte er. „Du glaubst, du kennst sie?"

„Entschuldige, Stone?"

Stone blinzelte und sah auf. Seine persönliche Assistentin Shanae steckte ihren Kopf zur Tür herein. „Tut mir leid, Nae."

„Ich wollte nur wissen, ob du noch etwas brauchst bevor ich gehe?"

Er lächelte sie an. „Nein danke, Nan. Könntest du Montagmorgen früh hier sein? Gegen acht? Ich muss noch ein paar Dinge durchsehen, bevor das Magazin veröffentlicht wird."

„Sicher, kein Problem."

„Du bist die Beste. Gute Nacht."

„Gute Nacht, Boss."

Es war so still wenn das Büro leer war, dass Stone es nicht aushielt und er stieg in sein Auto und fuhr nach Hause. Während der Fahrt bog er auf die I-495E ab und fuhr die vertraute Strecke nach Oyster Bay. Stone schob alle lästigen Gedanken beiseite und fuhr einfach, wissend, dass er kein Recht hatte, zu Nan nach Hause zu fahren, konnte sich aber nicht davon abhalten.

Eine Stunde und fünfzehn Minuten später, als es dämmrig wurde, parkte er das Auto am Ende ihrer Straße und stieg aus. Das Haus war nicht schwer zu finden, es war umgeben von ein paar Bäumen und lag etwas von der Straße entfernt. Das Holzhaus war etwas heruntergekommen, aber offensichtlich wurde es sehr geliebt – Stone konnte sich vorstellen, wie Nan das Holz selber strich, mit Farbe bedeckt, ihre dunklen Haare zu einem losen Knoten zusammengefasst.

Stone bremste sich. *Was zur Hölle, Mann? Jetzt fantasierst du schon von ihr malend und dekorierend? Oh Gott...*

Und vergiss nicht, Vanderberg, du lungerst, ja tatsächlich lungerst, vor ihrem Haus herum... im Dunkeln. Stone blies die Backen auf und warf noch einen Blick auf das Haus und ging wieder zu seinem Auto. Verdammt, er hatte sich wirklich verändert. *Eine Exfreundin stalken? Nein,* dachte Stone bei sich, *das wird nicht mein Leben sein. Vergiss sie, es ist vorbei.*

Als er das Auto startete, sah er einen Mercedes, der vor Nans Haus hielt und einen dunkelhaarigen Mann, der ausstieg. Raoul Elizondo... er hatte ihn in Cannes getroffen, an dem Tag als Nan angegriffen worden war. Stone beobachtete wie Elizondo zu ihrer Tür ging und klopfte und als Stone sie sah, machte sein Herz einen Sprung. Ihre dunklen Haare fielen ihr über die Schultern und über ihre Taille, unordentlich in sanfte weiche Wellen und sie grinste ihren Freund an, ihr Lächeln erhellte das Zwielicht. Stones Magen drehte sich vor Verlangen um und in diesem Moment wurde es ihm klar. Er konnte sie nicht gehen lassen.

Ihre Geschichte war noch nicht vorbei. Er wusste es tief im Inneren, tief in seinen Knochen. Was auch immer zwischen ihnen war, war noch nicht zu Ende. Stone beobachtete wie Raoul sie hochhob und herumwirbelte – Nans melodisches Lachen drang bis zu ihm ins Auto vor. Er machte sich keine Sorgen, dass Elizondo ein Kontrahent war, aber er war neidisch darauf, wie ungehemmt Nan mit dem anderen Mann umging. Stone hatte keine Ahnung wie sich das anfühlte – ihr Sex, ihre gemeinsame Zeit waren von Spannung überschattet gewesen – meistens sexueller und außerdem wussten sie beide, dass ihre Zeit miteinander sich dem Ende zuneigte, beide waren verzweifelt bemüht gewesen, das Beste daraus zu machen.

Er konnte den Blick von den beiden nicht abwenden, als sie jetzt plauderten, Raoul auf etwas auf der Veranda deutete, das sie zum Lachen brachte und sie nach ihm schlug. Er neckte sie. Etwas wie Eifersucht regte sich in Stone und er war froh, dass sein Auto getönte Fenster hatte, als er etwas zu schnell nach hinten fuhr und beide zu ihm schauten. Stone drehte das Auto schnell um und raste aus ihrer Nachbarschaft, verfluchte die Tatsache, dass er überhaupt hergekommen war.

Er hatte die Frage beantworten wollen, ob er über Nan hinweg war und fuhr nun stattdessen mit einer ganzen Menge neuer Fragen davon und der nagenden Sicherheit, dass er auf keinen Fall über sie hinweg war.

„Kennst du das Auto?" Raoul folgte Nan in ihr Haus, nachdem sie gesehen hatten, wie der schwarze Lotus mit quietschenden Reifen rückwärts die Straße runter gefahren war.

„Nein, und ich bezweifle, dass er oder sie von hier stammt, bei dem Auto. Egal. Gott, es ist so schön dich zu sehen, Owl." Nan umarmte ihn erneut und hielt ihn dann auf Armeslänge von sich, um ihn anzuschauen. „Du siehst.. gereifter aus. Viel gereist."

Raoul grinste. „Du meinst alt und fertig für den Friedhof."

„Ha ha, nein, du siehst gut aus. Rieche ich da etwas von Sex in letzter Zeit?"

„Eventuell." Raoul gluckste, als er ihr in die winzige Küche folgte. „Um Himmels Willen, Nook!"

Nan grinste ihn an, als sie den Kessel füllte. „Es ist groß genug für uns. Einige von uns können nicht ihr Geld damit verprassen ein Jahr lang zu reisen."

Raoul lächelte. „Da wir davon sprechen... wo ist mein Patenkind? Fotos und Videoanrufe kann man nicht damit vergleichen sie im Arm zu halten."

Nan bat ihn ihr zu folgen. „Die kleine Plage tut so, als ob sie schläft, aber ich kenne sie – sie lauscht. Sie ist ein solch lautes kleines Monster." Sie grinste, als sie über ihre Tochter sprach. „Komm und sieh selbst. Ich garantiere dir, dass sie wach ist."

Raoul folgte ihr in Etties Zimmer, wo genau wie Nan es vorhergesagt hatte, das kleine Mädchen wach war, lächelnd, fröhlich gluckernd als sie sie sah.

„Du kleine Maus", sagte Nan zärtlich und hob sie hoch. Raoul streichelte die pummelige Wange des kleinen Mädchens.

„Gott, Nan, sie sieht aus wie du."

Nan grinste ihn an und Ettie spuckte auf die Schulter ihrer Mutter und lachte dann. „Siehst du? Monster." Sie drückte Ettie in Raouls wartende Arme und machte sich dann sauber. Raoul kuschelte mit Ettie, die an seinem Bart zog und ihren winzigen Finger in seine Nase steckte.

„Sie kennt keine Grenzen", gluckste Nan, als Raoul so tat, als würde er in Etties Finger beißen.

„Mamas Brüste sind scheinbar auch Kauspielzeuge, nicht wahr kleine Hexe? Komm lass uns setzen. Ich habe eine Flasche Wein die nach uns ruft."

Später, als Ettie in Raouls Armen eingeschlafen war und Nan zusammengerollt auf der Couch lag, musterte Raoul seine Freundin. „Was mir am meisten auffällt ist", sagte er, „dass ich nach all diesen Monaten zurückkomme und du zufrieden bist. Die Mutterschaft scheint dir gut zu tun, besser, als ich es mir jemals vorgestellt habe."

Nan lächelte. „Ich würde nicht behaupten, dass es leicht ist, aber ja. Ettie zu behalten war die beste Entscheidung, die ich jemals getroffen habe. Ich kann mir ein Leben ohne sie gar nicht mehr vorstellen. Dein Dad hat es mir so leicht gemacht zu arbeiten und sie zu haben. Ich schulde ihm einiges."

Raoul sah sein schlafendes Patenkind eine Weile an. „Sie ist hübsch. Nook...“

„Owl, nicht.“

„Ich muss aber. Als ein Mann, der hofft eines Tages Vater zu sein... muss ich das sagen. Stone Vanderberg hat das Recht es zu wissen.“

Nan seufzte und wandte den Blick ab, schwieg. Raoul wartete. Schließlich rieb sie sich über ihr Gesicht. „Owl, er will keine Kinder und damit meine ich nicht, dass er unentschlossen ist. Er hat es mir erzählt – Kinder sind seine Achilles Ferse. Er hat mir ins Gesicht gesagt, dass er keine will. Als ich herausgefunden habe, dass ich schwanger bin, habe ich es die ersten drei Monate lang ignoriert.“

„Ich weiß. Dad hat gesagt er hat niemals jemanden gehabt, der so hart für ihn gearbeitet hat wie du. Wie ein Raketengeschoss. Er wusste, dass irgendetwas im Busch war.“

Nan gluckste leise. „Ist es seltsam, dass ich mir wünsche, dass Alan mein Vater wäre? Ich meine, ich habe meine Eltern geliebt, versteh mich nicht falsch, aber dein Dad versteht mich auf eine Art, wie sie das nie getan haben.“

„Er ist so.“

Nan beugte sich zu ihm und streichelte sein Gesicht. „Wusstest du, dass er mir ein Jahr bezahlten Mutterschaftsurlaub angeboten hat? Ich konnte das nicht tun, nicht einmal für meine kleine Bohne. Davon abgesehen ist das hier meine neue Realität für die nächsten Jahre und so habe ich mir gedacht, dass es das Beste wäre, wenn ich direkt wieder zur Arbeit gehen würde. Und ich hatte recht gehabt. Ich hatte auch Glück. Habe die beste Babysitterin der Welt gefunden. Carrie ist fantastisch. Wenn du nicht schwul wärst, dann würde ich euch beide zusammenbringen.“

„Wenn ich nicht schwul wäre, dann würde ich dir einen Heiratsantrag machen, Nook, und dem kleinen Mädchen einen Vater geben.“

Raouls Worte kamen barscher heraus, als er es gemeint hatte und er lächelte sie entschuldigend an.

„Ich verurteile dich nicht, ich sage nur. Also ehrlich Nan, wenn du einen Ehemann willst, wen interessiert es, ob ich schwul bin?“

Nan lächelte ihn an. „Du bist mein bester Freund und der liebste und süßeste Mann auf der Welt und ich würde dich auf keinen Fall heiraten. Meinst du wirklich, dass ich deine Chance auf ein eigenes Glück, für mich selber wegwerfen würde? Himmel, nein.“

Raoul lachte leise. „Nun, offenbar habe ich in unserer Villa in Hampton, Rodrigo, den Pool Boy, der meine Bedürfnisse erfüllt.“

„Du bist albern. Trotzdem, danke für dein Angebot, aber uns geht es gut. Davon abgesehen, braucht Ettie einen Onkel der sie verwöhnt – ich werde eine sehr strenge Mutter sein.“

„Himmel, das kann ich mir vorstellen. Ettie wird zu mir kommen wenn sie einen Rat wegen der Jungs braucht, die du ihr verboten hast zu treffen...“

„Sie bekommt einen Jungferngürtel bis sie dreißig ist.“

„... und ihre erste sexy Unterwäsche kaufen will...“

„Nein. Omaunterhosen bis sie fünfzig ist.“

Raoul lachte ein bisschen zu laut und Ettie öffnete ihre blauen Augen. Sie warteten beide, dass sie anfangen würde zu weinen, aber stattdessen lächelte sie und steckte ihren Finger wieder in Raouls Nase.

„Das ist eine blöde Angewohnheit, Kleine“, sagte er und zog ihn zärtlich heraus.

„Vielleicht denkt sie, dass dein Popel aus Gold ist.“

„Nun, es ist die Long Island Version davon mit einem silbernen Löffel geboren worden zu sein.“

Nan kicherte. „Ihhh.“ Sie seufzte. „Ich bin so froh dich zu sehen, Raoul. Es ist schon zu lange her. Und jetzt erzähl mir von deinem Urlaub... und dem mysteriösen neuen Mann in deinem Leben.“

Der Mann der Stone gefolgt war, notierte sich die Adresse, zu der er gefahren war, fuhr dann wieder zurück in sein Büro und schlug sie nach. Er brüllte vor Lachen, als er sah, wer in dem winzigen Haus in der Nachbarschaft lebte. Eliso Patinis Anwältin. Seine Anwältin! Warum fuhr Patinis bester Freund mitten in der Nacht zu dem Haus seiner Anwältin?

Egal. Vanderberg hatte dieses Mädchen jetzt auf die Abschuss-liste gebracht. Er fand ein Foto von ihr auf der Firmenwebseite und druckte es aus, befestigte es an der Pinnwand, die er eigens dafür aufgestellt hatte. Er musste zugeben, dass es eine Liste voller schöner Menschen war – Patini, seine Freundin, Vanderberg und diese Anwältin, Nanouk Songbird. *Was zur Hölle war das bloß für ein Name?* Er fragte sich, ob er sie auf dieselbe Art töten sollte, wie er es bei Patinis Groupie getan hatte. Es würde ihm nichts ausmachen. Er hatte es schon früher getan. Er würde es wieder tun. Er würde es genießen.

Seine Augen glitten wieder zu dem Schauspieler im Zentrum von allen. Eliso Patini. Er verspürte ein flüchtige Mitleid mit ihm – er hatte keine Ahnung was ihm bevorstand, nicht wahr? Und das würde er auch niemals haben.

Er – und alle die er liebte – würden lange tot sein, bevor die Wahrheit herauskommen würde.

KAPITEL 9

Sie war nicht darauf vorbeireitet ihn zu sehen. Die vorgerichtliche Sitzung mit dem Richter sollte hinter geschlossenen Türen stattfinden, nicht für die Öffentlichkeit, aber Nan nahm an, wenn man so viel Geld und Macht hatte wie Stone Vanderbergs Familie, dann konnte man alles einrichten.

ALS STONE selber am nächsten Morgen zum Meeting in den Gerichtssaal kam, wurde Nan von einer Welle aus Gefühlen überrollt. Er sah sie erst an, nachdem er mit Eliso gesprochen hatte, seinem Freund auf den Rücken geklopft und Beulah auf die Wange geküsst hatte. Dann drehte er sich um und sah direkt zu Nan und hielt seinen Blick auf sie gerichtet. Sie spürte, wie sie rot anlief und war sich Alans amüsiertem Blick bewusst. Sie holte tief Luft und nickte dann Stone ohne zu lächeln zu und Stone wandte sich ab, konzentrierte sich auf den Richter, der sich gerade setzte.

IHNEN GEGENÜBER SASS der Staatsanwalt und grinste sie an. Der teure Saville Row Anzug konnte den Hai nicht verbergen, der Miles Kirke in Wirklichkeit war. In seinen späten Vierzigern war Miles Kirke dort angekommen, wo er hin wollte, indem er alle und jeden aus dem Weg getreten hatte. Er liebte den Ruhm den diese Rolle ihm einbrachte genauso, wie das Geld und die Frauen – die Frauen, die sich in seinen Teenagerjahren und Zwanzigern immer über ihn lustig gemacht hatten, bevor Wayne Kirkland sich in den smarten, schnell redenden, harten Miles Kirke verwandelt hatte. Das Geld seiner Familie hatte dabei geholfen, natürlich.

MILES HATTE AUCH keine Skrupel gehabt das Geschäft seines Vaters zu ruinieren. Seine Eltern – nach Kirks Ansicht schwache Liberale – waren unter seiner herzlosen Art zerbrochen. Miles hatte sich in ihrem Elend gesonnt. Und das war es, was er am meisten liebte. Trümmer. Er hatte es durch hinterhältige Intrigen seinen Kontrahenten gegenüber in seine Position geschafft, war rücksichtslos auf den Leuten, die ihm geholfen hatten, herumgetrampelt.

UND JETZT WAR er darauf hinaus sicher zu stellen, dass Eliso Patini für den Rest seines Lebens hinter Gitter musste.

ALAN BEUGTE SICH ZU ELISO. „Das ist ein blödsinniger Antrag und der Richter weiß das auch. Du hast dich schon bereit erklärt deinen Reisepass auszuhändigen und in einem bevollmächtigten Hotel zu bleiben, also hat Kirk keinen Grund zu beantragen, dass du im Gefängnis bleiben musst. Das wird nicht passieren. Das ist rein für die Kameras."

„ARSCHLOCH", murmelte Beulah, aber Eliso nickte nur. Nan verspürte Mitleid mit dem Mann. Sie warf Miles Kirke einen versteinerten Blick zu – er grinste sie an, seine Augen wanderten über ihren Körper. Ja, Beulah hatte recht. Arschloch.

. . .

NAN HATTE sich letzten Freitag mit Beulah zum Kaffee getroffen und sie hatten über nichts anderes als Eliso und Beulahs Sorgen gesprochen, und Nan hatte versucht ihr zu versichern, dass das Gericht keinen Fall hatte. „Wir werden für ihn bis ans Ende der Welt gehen, das schwöre ich", hatte sie der anderen Frau gesagt und war gerührt gewesen, als Beulah – so perfekt, selbstsicher und unerschütterlich – in Tränen ausgebrochen war. Nan hatte sie fest umarmt.

„Es tut mir leid", hatte Beulah gesagt, nachdem ihre Schluchzer abgeklungen waren. „Ich kann vor Eli nicht weinen. Ich muss stark sein." Sie hatte Nan dankbar angelächelt. „Ich verstehe, warum er verrückt nach dir ist. Stone." Ihre Augen hatten sich geweitet, geschockt von ihren eigenen Worten. „Tut mir leid, das war unangemessen."

NANS GEFÜHLE WIRBELTEN bei Beulahs Worten durcheinander. *Er ist verrückt nach dir*. In der Gegenwart gesprochen. Nan hatte ihren Kopf geschüttelt, den Kommentar beiseite geschoben, aber sie hatte das ganze Wochenende lang daran gedacht. Jedes Mal, wenn sie auf ihre schlafenden Tochter geschaut hatte, sah sie Stone in ihrem Gesicht. Würde er noch verrückt nach ihr sein, wenn er die Wahrheit wusste?

ABER JETZT, in diesem Gerichtssaal, während sie dem Richter zuhörte, der den Antrag vorlas, ließ sie es endlich zu, seine Anwesenheit zu spüren. Wenn die Sitzung beendet war, würden sie sich alle draußen versammeln – und sie würde mit dem Vater ihres Kindes das erste Mal seit einem Jahr sprechen. Das erste Mal, seit sie ihn in Antibes verlassen hatte, ohne sich zu verabschieden.

IHR KOPF SAGTE IHR, sie solle weglaufen, aber ihr Körper sehnte sich nach ihm. Auch jetzt, wo er ganz hinten im Raum saß, strahlte er diese Anziehungskraft aus. Nan riskierte einen schnellen Blick und traf auf seinen – und erwiderte ihn.

OH SCHEIßE – ich stecke in Schwierigkeiten.

NACH DER ANHÖRUNG ging Miles Kirke – der nicht ein bisschen verärgert darüber aussah, dass er verloren hatte – direkt zu den Reportern, die vor dem Gericht warteten. Elisos Sicherheitschef kam zu ihnen. „Schaut nur, sie stehen an jedem Eingang und werden sich auf jeden von euch stürzen, den sie in die Hände bekommen. Ich denke, es ist am Besten, wenn wir uns aufteilen und getrennt gehen. Meine Männer werden jeden von euch mitnehmen. Wir fangen bei Ihnen an, Mr. Patini."

„NEIN, nehmen Sie zuerst Beulah mit, dann Fen und Ms. Songbird..." Eliso, ganz Gentleman, sah entschlossen aus.
„Schön. Ms. Tegan, kommen Sie mit mir."

EINE GROßE HAND schloss sich um Nans. „Komm mit mir." Stones Stimme war leise aber fest und Nan wurde einen Korridor entlanggezogen und hinunter in die Parkgarage. Sie sah Beulah und Fen, die gerade in schwarze Autos einstiegen, als Stone sie quasi zu einem Lotus zerrte – einem sehr bekannten Lotus.

ALS STONE das Auto aus der Parkgarage lenkte, sah Nan ihn an. „Du warst letzte Woche vor meinem Haus... an dem Abend, als Raoul bei mir war."

. . .

STONE NICKTE. „Das war ich und es tut mir leid. Ich bin in deine Privatsphäre eingedrungen, etwas, was ich normalerweise nie tue."

NAN SPÜRTE wie ihre Brust eng wurde, aber sie konnte nicht sagen, ob es vor Ärger war oder vor... Freude. „Du wolltest mich sehen."

STONE NICKTE. „Ja. Verzeih mir, Nan. Ich weiß was wir letztes Jahr abgemacht haben, aber ich kann nicht aufhören an dich zu denken."
Sag es ihm. Sag ihm, dass seine Tochter darauf wartet ihren Vater kennenzulernen. Sag es ihm. „Wohin fahren wir?"

„ZU MIR. Wir müssen reden."

SIE FUHREN SCHWEIGEND die paar Minuten bis sie bei ihm waren. Im Fahrstuhl zu seinem Penthouse sahen sie sich nur an. Sobald Stone die Tür zu seinem Apartment geöffnet hatte, wusste Nan mit Sicherheit, dass sie nicht reden würden.

STONE SCHLOSS die Tür langsam und zog sie in seine Arme und küsste sie, als ob keine Zeit vergangen wäre. Nan erwiderte seinen Kuss, fühlte das Verlangen, das er in die Umarmung legte. Stone zog ihre Haarnadeln heraus, die ihre Haare oben hielten und als es ihr über den Rücken fiel, waren seine Lippen an ihrem Ohr. „Zieh dich aus, Nanouk..."

SEINE HÄNDE GLITTEN unter ihre Jacke, zogen sie von ihren Schultern und warfen sie auf den Boden. Nan schleuderte die Schuhe weg, dann hob Stone sie hoch und sie schlang ihre Beine um ihn, während er sie in das Schlafzimmer trug. Er legte sie auf das große Bett, knöpfte ihre Bluse auf und sein Mund senkte sich auf ihren Bauch, ihre Brüste und wanderte dann nach oben zu ihrer Kehle. Nan schlüpfte aus ihrem Rock als Stone ihren BH öffnete, seine Lippen sich hungrig um einen Nippel schlossen. Nan zog ihm seinen Sweater über den Kopf und bald darauf waren beide nackt und Stone legte sich ihre Beine um seine Taille.

„NIMMST DU NOCH DIE PILLE?"

NAN NICKTE, ein entferntes Zwicken von Schuld in ihrer Brust, aber in dem Moment, als Stone in sie stieß, vergaß sie alles andere.

„GUT", sagte er rau. „Denn ich muss dein Fleisch an meinem spüren. Du hast mich ein Jahr lang warten lassen, ein Jahr..."

ER FICKTE sie hart und Nan war sich nicht sicher, ob es Lust, Verlangen oder Rache war, aber es war ihr auch egal. So wie er über ihren Körper bestimmte – es war wie eine Welle aus frischem klarem Wasser nach einer langen Dürre. Sie klammerte sich an ihn, grub ihre Nägel in ihn, ihre Zähne in seine Haut, zerkratzte seinen Rücken, als er heftig zustieß und drehte sie dann, nachdem sie gekommen war, auf ihren Bauch und fickte ihren Hintern, brachte sie einem explosivem Orgasmus immer näher.

ALS SIE FERTIG WAREN GLITT Nan vom Bett und fing an ihre Sachen zusammenzusuchen. Stone beobachtete sie verwundert. „Was machst du?"

. . .

SIE LÄCHELTE IHN AN. „Ich sollte auf Arbeit sein, Stone, deinen Freund verteidigen. So wunderbar unsere Wiedervereinigung auch war...“

SIE STRECKTE ihre Hand nach ihm aus, aber Stone zog sie wieder auf das Bett und küsste sie. Nan kicherte, legte ihre Hände aber an seine Brust und schob ihn weg. „Ich meine es ernst. Eliso hat eine Menge Ärger am Hals.“

STONE LIEß SIE ENDLICH LOS, beobachtete wie sie ihre prächtige Mähne zu einem losen Knoten zusammennahm. „Dieses Kostüm steht dir“, sagte er grinsend und fing ebenfalls an sich anzuziehen. „Auch wenn du mir nackt am liebsten bist.“

NAN LACHTE. „Passiert das... hier gerade wirklich? Ich fühle mich ein bisschen verwirrt.“

STONE KÜSSTE SIE. „Ich fasse es nicht, dass du mich ein Jahr lang hast warten lassen, Nanouk Songbird. Warum bist du abgehauen?“

NAN WANDTE IHREN BLICK AB. „Ich musste, du weißt das. Was wir in Frankreich hatten... konnte nicht weitergehen.“

„WARUM? Ich meine damals habe ich auch so gedacht, aber jetzt“, er schüttelte seinen Kopf. „Ich weiß nicht mehr warum.“

„WIR KOMMEN AUS UNTERSCHIEDLICHEN WELTEN, Stone. Du hast gesehen wo ich wohne.“

. . .

„BLÖDSINN. Wir gehören zusammen und glaub mir, das ist etwas, was ich niemals gedacht hätte, dass ich es jemals zu irgendjemanden sagen würde. Scheiß drauf, wo wir herkommen, wo wir hingehen ist das, worauf es ankommt. Kann ich dich heute Abend sehen?"

NAN ANTWORTET einen Moment lang nicht und als sie es tat, sah er, dass sie zitterte. „Nein. Nicht jetzt. Nicht während ich in Elisos Verteidigungsteam bin. Ich muss mich konzentrieren und ich kann nichts... unprofessionelles gebrauchen. Ich habe hart für meine Karriere gearbeitet, Stone, das musst du verstehen."

STONE NICKTE UND WAR UNGLÜCKLICH. „Also sagst du nein?"

„ICH SAGTE NICHT IM MOMENT. Lass uns... einfach Freunde sein im Moment." Sie grinste ihn an. „Hin und wieder ein Nachmittag wie dieser, ist drin. Ich bin ja auch nur Mensch."

STONE WAR NICHT ZUFRIEDEN mit nur einem Teil von Nan – er wollte alles, sofort, aber er verstand, was sie meinte. „Ich nehme an, ich muss mich für den Moment damit zufrieden geben, aber ich warne dich Nan. Ich will mehr sobald die Sache vorbei ist."

„DARÜBER REDEN wir dann." Sie setzte sich neben ihm auf das Bett. „Es ist ja nicht so, dass ich dich nicht will, Stone. Das tue ich, so sehr. Aber es ist kompliziert."

STONE STARRTE SIE AN. *Himmel sie war so wunderschön, dass er den Tränen nah war – und sie verteidigte seinen besten Freund.* „Nur.. geh nicht wieder fort, ohne mir zu sagen warum. Ich stecke... hier schon zu tief drin."

NAN LEGTE ihre Hand an seine Wange. „Das werde ich nicht."

„KEINE GEHEIMNISSE mehr."

ER SAH wie ein Schatten über ihr Gesicht huschte, wusste aber nicht warum. Nan küsste ihn langsam, leidenschaftlich und lehnte ihre Stirn dann an seine. „Ich hasse es zu fragen... aber könntest du mich bitte zur Arbeit fahren?"

STONE NICKTE, lächelte, aber auf der ganzen Fahrt zu ihrem Büro nagte etwas an ihm.

SIE VERBIRGT ETWAS...

KAPITEL 10

Eine Woche später klopfte Nan an Alans Tür. „Kann ich mit dir reden?"

„Sicher. Setz dich." Alan lehnte sich zurück und musterte sie. „Geht es dir gut? Du siehst blass aus."

Nan lächelte ihn schüchtern an. „Schlafmangel, aber alles für einen guten Zweck."

„Ettie?"

„Nein, nein, sie ist ein Traumbaby, schläft immer durch. Aber dieser Fall... etwas stört mich schon eine ganze Weile. Es war etwas, das Beulah zu mir gesagt hat, über das Opfer. Das sie nicht ausgesehen hatte, als ob sie das Geld für ein solches Meet and Greet hatte. Also habe ich etwas nachgeforscht. Ich denke, ich habe jemanden gefunden, der den Angriff beobachtet hat. Ich wollte deine Erlaubnis holen um zu ihr zu gehen und mit ihr reden zu dürfen und danach zur Polizei, falls ich etwas finde."

„Was erwartest du denn zu finden?"

„WAS ICH HOFFE ZU FINDEN, ist der Beweis, dass jemand ihren Angriff auf Eliso bezahlt hat."

ALAN NICKTE. „Okay... aber Nan denke bitte daran. Du könntest dich selber in Gefahr bringen wenn da jemand dahinter steckt."

„ICH WEIß, aber ich denke, wir müssen das tun. Es könnte den Unterschied ausmachen ob Eliso frei kommt oder nicht."

„SCHÖN. Rede mit dem Mädchen und nimm dir den restlichen Tag frei. Du siehst blass aus."

NAN VERLIEß das Büro ihres Boss und nahm ihre Tasche und ihr Notebook. Sie war aufgeregt darüber was sie gefunden hatte – sie gingen alle davon aus, dass Eliso eine Falle gestellt worden war, aber diese junge Frau könnte Informationen haben wer dahinter steckte – und warum. Das war das einzige, was niemand verstand – warum zur Hölle ausgerechnet Eliso? Er war ein Schauspieler – reich, ja, aber nicht obszön und er hatte keinerlei Feinde im Job und auch nicht außerhalb, von denen sie wussten.

ALS SIE ZUR U-BAHN GING, versuchte Nan über das Problem nachzudenken. Wer hatte am meisten davon wenn Eliso ins Gefängnis ging?

Seine Schwester Fenella war sogar noch reicher als er und von dem
was Nan gesehen hatte, war sie in ihren Bruder vernarrt. Beulah hatte
auch ihr eigenes Geld und war offensichtlich Hals über Kopf in ihn
verliebt. Stone... haha, auf keinen Fall. Nan hatte kein Problem damit
ihn auszuschließen. Sie erlaubte sich vorzustellen wie Stone den
Mörder fand und seine ganze Wut an ihm ausließ. Sie holte sich
energisch wieder in die Realität. *Wirklich? Gewalt macht dich an?* Sie
schüttelte ihren Kopf. Nein, es war nicht die Gewalt, es war der
Gedanke an Stones Körper. In der letzten Woche hatten sie sich drei
mal getroffen, immer bei ihm zu Hause, meistens während ihrer
Mittagspause. Der Sex war unglaublich, aber Nan war es, als würde
sie mit der Gefahr spielen. Stone Vanderberg wollte sie und sie
wusste, dass es nicht mehr lange dauern würde, bis er darauf
bestand, dass sie sich entschied.

Aber... ihre oberste Priorität galt Ettie. Jeden Tag, jeden Moment
den sie mit ihr verbrachte, entdeckte sie etwas Neues an ihr, das sie
liebte. Ettie mit ihrer dunklen Haut und den blauen Augen ihres
Vaters, glich so sehr Nan und ihrer Tante Etta – unabhängig, warm
und liebevoll. Die Unschuld in den Augen ihrer Tochter, das
Vertrauen, ließen ihr Herz weh tun und sie wusste, dass sie es
niemals zulassen würde, dass jemand Ettie weh tat – und besonders
nicht Stone. Er hatte sich deutlich ausgedrückt – er wollte keine
Kinder – und es war der schlimmste Tag in Nans Leben gewesen, als
sie die zweite blaue Linie auf dem Schwangerschaftstest gesehen
hatte, drei Wochen nachdem sie ihn in Antibes verlassen hatte. Acht
Monate später jedoch war Etties Geburt der beste Tag in ihrem
Leben geworden, abgesehen von der Tatsache, dass sie fast von dem
Blutverlust nach Etties schwieriger Geburt, gestorben wäre. Als sie
Stunden nach der Geburt aufgewacht war, ihr alles weh getan hatte
und ihr Kopf schwirrte, hatte Nan all das beiseite geschoben, als man
ihr Ettie an ihre nackte Brust gelegt hatte und sie anfing zu trinken.
Nan hatte damals gewusst... niemand, egal wer, würde jemals
zwischen sie kommen.

. . .

DESHALB TAT DER GEDANKE DARAN, dass Stone Ettie nicht wollte, weh. Sie war leichtsinnig, schlief weiterhin mit ihm, denn sie wusste, dass es niemals etwas Festes werden konnte. Aber wenn er sie berührte, sie küsste, dann war sie verloren.

NAN SEUFZTE und sprang in den U-Bahn Wagen bevor sich die Türen schlossen. Egal was sie für Stone empfand, jetzt war nicht der richtige Zeitpunkt um darüber nachzudenken. Sie musste einen Job erledigen und mit einem Zeugen reden. Sie nahm das Notebook aus ihrer Tasche und fing an Fragen aufzuschreiben.

NAN WAR SO SEHR in Gedanken versunken, dass sie den Mann am anderen Ende des Wagens, der sie beobachtete, nicht bemerkte. Er starrte vollkommen ungerührt auf die junge Frau – sie war nun mal hübsch und ein paar Jungen in der Nähe taten das gleiche – aber er nahm an, dass sie nicht darüber nachdachten, wie sie sie umbringen wollten.

DIE TATSACHE, dass sie Stone fickte, mochte nützlich sein. Er grinste in sich hinein. Er hatte sich dazu entschlossen der Songbird Frau zu folgen – und mann war er begeistert gewesen, als er ihr zu ihrem Haus in Oyster Bay gefolgt war. Sie hatte ein Kind – noch dazu ein kleines Kind. Eine alleinstehende Mutter war perfekt – sie war auf so viele Arten verletzbar. Nimm das Kind – sie würde alles tun was er verlangte. Alles. Er fragte sich wer der Vater war und ob er in der Nähe war. Er hatte die Geburtsurkunde gefunden – kein Vater war darauf vermerkt. Hm. Nun, das war schade.

DENN WENN ER Nan Songbird ermordete, musste ihr Kind wissen wer ihr Vater war.

· · ·

AM TIMES SQUARE stieg Nan Songbird aus und er folgte ihr, stand dicht hinter ihr, als sie darauf wartete, dass die Türen sich öffneten. Er sah, dass sie angewidert war, weil er so nah stand und ein aufgeregter Schauer jagte über seinen Rücken.

DREH DICH ZU MIR UM, meine Schöne, öffne diese perfekten Lippen und sag mir, dass ich Abstand halten soll und ich nehme das Messer in meiner Tasche und ersteche dich damit, spüre, wie das heiße Blut über meine Hände rinnt, während mein Messer deinen weichen Bauch aufschlitzt. Tu es. Dreh dich um. Gib mir einen Grund dich umzubringen.

ABER DAS TAT sie nicht und als die Türen sich öffneten, sprang sie hinaus in die Menge, die sich auf den Ausgang zubewegte. Er ging ihr hinterher, natürlich, hielt aber Abstand. Was er gerade getan hatte, war leichtsinnig gewesen, aber wahrscheinlich würde sie denken er wäre nur ein weiterer Widerling aus der U-Bahn. Er hatte einen Job zu erledigen.

ER KONNTE SPÄTER DAVON TRÄUMEN sie umzubringen.

KAPITEL 11

Nan sah das Mädchen in dem Restaurant sitzen, in dem sie sich treffen wollten und war erleichtert, dass sie gekommen war. „Hey, Ruthie."

Das Mädchen, Goth Make-Up und schwarze Haare, die gewaschen werden mussten, sah auf. „Hey, bist du die Anwältin?"

Offensichtlich, dachte Nan, aber sie lächelte. „Möchtest du etwas trinken?"

Ruthies Augen leuchteten auf. „Cola Whiskey?", sagte sie hoffnungsvoll.

Ha. „Keine Chance, Kleine, aber ich bringe dir einen Milchshake und ein paar Pommes."

Das Licht in Ruthies Augen erlosch und sie nickte seufzend. „Schön." Ruthie war etwa achtzehn, nahm Nan an, oder vielleicht sogar jünger, aber sie hatte das Aussehen von jemandem, der viel älter war. 'Emo' nannten es die Kids, aber Nan nahm an, dass in Ruthies Fall etwas davon gerechtfertigt war.

„Also, hast du Willa Green gekannt?"

Ruthie schüttelte ihren Kopf. „Nein, wie ich schon gesagt habe, ich bin nur zu dem Schauspieler gegangen weil meine Freundin mir angeboten hat mich mitzunehmen. Sie hatte Tickets – ihr Vater ist reich – aber sie war schüchtern und brauchte jemanden an ihrer Seite. Und ich fand Eliso Patini süß und das war er auch – und auch nett. Freundlich. Bodenständig."

„Und als du ihn getroffen hast?", fragte Nan und nippte an ihrem Tee.

„Sie haben uns in dieses protzige Konferenzzimmer im Four Seasons gelassen. Wir waren etwa fünfzehn. Ich und diese Willa stachen heraus, in einem Raum voller Mädchen mit perfektem Make-Up und Designer Klamotten. Ich dachte sie wäre auch ein Goth, aber als ich sie angelächelt habe, hat sie mich angeschaut als ob..." Sie machte Nan einen ausdruckslosen, leeren Blick vor und Nan nickte.

„Okay, also war sie etwas daneben bevor Eliso dort eintraf?"

„Ja, und hier ist das seltsame, als er ankam kreischten und weinten die meisten Mädchen, aber sie hat ihn angesehen als ob..." Ruthie hielt inne und schüttelte ihren Kopf und Nan hätte frustriert schreien mögen.

„Als ob sie ihn hasste?" Vorsichtig. Den Zeugen nicht in eine Richtung drängen.

Ruthie schüttelte ihren Kopf. „Nein, es war mehr als ob... sie ihn nicht erkannte. Überhaupt nicht. Sie sah die ganzen kreischenden Mädchen an und konzentrierte sich dann auf einen der Angestellten des Hotels, als ob er es war, wegen dem sie kreischten. Es dauerte einen Moment, bis sie sich auf Eliso konzentrierte."

Nan lauschte interessiert. „Also wusste sie deiner Meinung nach nicht, wer Eliso Patini war?"

„Überhaupt nicht. Und als sie anfing zu schreien hat mich das am meisten schockiert."

„Kannst du dich noch daran erinnern, was sie genau gesagt hat?"

Ruthie nickte düster. „Das werde ich niemals vergessen. Sie hat ihn gefragt, ob er wüsste, was er ihr angetan hätte und als Eliso versuchte sie zu beruhigen und sie fragte was denn los sei, rannte sie zu ihm und griff ihn an, zerkratzte sein Gesicht. Seine Bodyguards haben sie weggezerrt, aber Eliso wies sie an, nicht so grob zu sein. Er war so nett. Und alles was sie tat, war ihn anzuschreien. 'Look what you made me do. Look what you made me do.' Dann fing sie an zu weinen, richtig herzzerreißend. Eliso versuchte mit ihr zu reden, aber alles was sie sagte war, dass 'er dafür bezahlen würde'"

Sie schauderte bei der Erinnerung. „Sie war wie das Kind, das das grüne Zeug über den Priester geschüttet hat."

Nan zwinkerte. „Hä?"

„Der Exorzist." Ruthie schenkte ihr ein Lächeln, das schnell wieder verblasste. „Aber, ernsthaft, es war furchteinflössend. Das Mädchen war mit Sicherheit von jemandem geschickt worden um diese Dinge zu sagen – ich weiß das. Eliso Patini ist kein Mörder."

Nan entschloss sich dazu zum Büro zurück zu laufen, anstatt die U-bahn zu nehmen. Der Widerling hatte sie verärgert und sie konnte sich im Moment nicht davon ablenken lassen. Sie war in ihre Gedanken versunken, als ihr Handy klingelte. Stone. „Hey, meine Schöne, wo bist du?"

„Sixth Avenue", sagte sie lächelnd. „Aber Alan hat mir den Nachmittag freigegeben, ich habe also keine wirkliche Ahnung wo ich hinlaufe. Ich denke ich habe gerade einen großen Fortschritt in Elisos Fall gemacht."

„Wirklich?"

„Wirklich."

„Mann, das ist gut zu hören. Lass mich dich abholen und wir können darüber reden."

Nan zögerte einen Moment bevor sie zustimmte. „Okay, aber ich muss bald wieder in Oyster Bay sein." Sie spürte wie sie rot wurde, auch wenn er sie nicht sehen konnte. „Habe einiges heute Abend vor."

„Ich fahre dich nach Hause."

Zwanzig Minuten später saß sie auf dem Beifahrersitz in seinem Lotus. Stone lächelte sie an und nahm ihre Hand. „Möchtest du mit zu mir in die Wohnung, oder wollen wir zur Abwechslung einmal zu dir?"

Nan kämpfte darum ihre Panik zu unterdrücken. „Ehrlich, mein Haus ist ein reines Chaos, die Böden sind mit Papieren und anderem Anwaltszeug bedeckt." *Wie was, Zauberstäbe und Einhörner? Anwalts-*

zeug? Um Gottes Willen Frau, du musst dir bessere Ausreden finden. „Ich würde mich schämen dich rein zu lassen."

„Das ist okay." Stone zuckte mit den Schultern und Nan war erleichtert, dass er nicht weiter darauf bestand.

„Lass uns zu dir gehen", sagte sie mit dunkler Stimme und fuhr mit der Hand über die Ausbeulung in seiner Hose. Sie drückte leicht zu und Stone stöhnte, sein Schwanz reagierte auf ihre Berührung.

„Himmel, Frau, die Gedanken, die ich habe..."

„Zeig sie mir."

Er lenkte das Auto in die Tiefgarage unter dem Gebäude, kam mit quietschenden Reifen auf seinem Parkplatz zu stehen und zog sie praktisch aus dem Auto in den Fahrstuhl. Seine Hände waren unter ihrem Rock, rissen ihre Unterhose von ihr und schoben ihren Rock über ihre Hüften. Stone sank auf seine Knie und vergrub sein Gesicht in ihrem Geschlecht, seine Zunge suchte nach ihrer Klit, als Nan nach Luft schnappte und ihre Augen schloss. Seine Zunge reizte sie und fuhr immer wieder über ihren Schlitz, tauchte tief in ihre Fotze, was sie zum Stöhnen brachte und sie flehte ihn an, nicht aufzuhören. Er biss in ihre Klit, brachte sie zum wimmern, stand dann auf und öffnete den Reißverschluss seiner Jeans und holte seinen großen Schwanz heraus, der steinhart war und pochte.

„Öffne deine Beine weiter", befahl er, hielt ihre Hände an die Wand des Fahrstuhls gedrückt. Nan gehorchte, sog scharf die Luft ein, als er seinen Schwanz in sie stieß, sie heftig fickte, gnadenlos, während der Fahrstuhl zu seinem Stockwerk hochstieg. Falls er vorher anhalten würde, würden sie keine Zeit haben um sich zu bedecken, aber Nan war das egal. Stone war ein Meister, sein Mund rau an ihrem, sein loderndes Verlangen nach ihr aufregend und erotisch.

„Ich könnte dich den ganzen Tag und die ganze Nacht lang ficken", knurrte er. „Und ich wäre immer noch nicht dazu in der Lage, genug von dir zu bekommen, Nan Songbrid."

Er ließ ihre Hände los und hob sie hoch. Sie schlang ihre Beine um ihn, als die Tür sich direkt zu seinem Penthouse öffnete und er sie in sein Apartment trug. Sie sanken auf den Boden und Stone war sofort wieder in ihr, stieß ihre Beine weit auseinander, Aufregung und Lust schossen durch sie hindurch, als er in sie stieß, sie ausfüllte. Ihre Fotze zog sich um seinen Schwanz zusammen und sie schlang ihre Beine fester um ihn, erhöhte die Intensität zwischen ihnen, bis sie beide kamen, ungehemmt und ungezügelt, aneinander geklammert.

Stone biss in ihre Schulter und sie grub ihre Fingernägel in seinen Rücken, fest genug um Spuren zu hinterlassen. Sie kämpften spielerisch, es war ihnen egal ob da Blut war, fickten sich um den Verstand, bis beide erschöpft waren und nach Luft schnappten. Sie lagen da, nackt, auf seinem Teppich, starrten sich an und lachten. Stone rollte sich auf die Seite. „Habe ich dir bereits gesagt, dass dein Körper perfekt ist? Er fuhr mit einer Hand über ihre Seite und umfasste eine Brust.

Nan lächelte. „Ich könnte ein paar Kilo abnehmen, aber danke."

„Wage es nicht auch nur ein Pfund zu verlieren", sagte er lächelnd. „Ernsthaft, deine Kurven... leg dich hin, meine Schöne und ich werde dir zeigen, wie perfekt du bist."

Nan tat was er sagte und merkte überrascht, dass sie seine Komplimente genoss. Stone massierte ihre Füße. „Kleine Füße", sagte er und ließ seine Hände dann zu ihren Waden wandern. „Seidige Haut." Seine Finger glitten zu ihren Oberschenkeln, spreizten ihre Beine ein bisschen. Seine Fingerspitzen streichelten das weiche Fleisch, während seine Lippen erneut ihre Klit fanden.

Er lächelte sie an. „Mein Himmel." Nan lächelte zu ihm herab.

„Ungezogener Junge."

Er gluckste, als seine Lippen zu ihrem Bauch wanderten. „Ich schwöre bei Gott, dass dein Bauch für mich der erotischste Teil ist – dein tiefer runder Bauchnabel..." Er tauchte seine Zunge hinein, ahmte seinen Schwanz nach, als er ihren Nabel mit der Zunge fickte, ihn umkreiste und küsste. Nan wand sich vor Lust, stöhnte leise.

Stone grinste diebisch. „Du magst das, nicht wahr? Nun, meine Zunge wandert nach oben, aber wenn du magst..." Er tauschte seine Zunge gegen seinen Daumen aus, presste ihn fest in ihren Nabel, während seine Lippen von ihrem Bauch aus nach oben wanderten und sich dann um eine Brustwarze schlossen. „Süße, reife Brüste, weich und gepolstert und deine Nippel... kleine Knöpfe, so süß...“

Nan war verloren in einer Welt aus Lust, aber sie fühlte einen Stich. Sie waren süß von der Milch für ihr Kind... dem Kind, von dem Stone nicht wusste, dass es existierte. Sie wollte es ihm in diesem Moment erzählen, aber dann küsste er ihren Mund und stieß seinen Schwanz wieder in sie und sie verlor den Mut.

Sie fickten stundenlang, bis das Licht vor den Fenstern anfing zu verblassen und Nan auf die Uhr sah. „Ich muss jetzt wirklich los.“

Sie und Stone zogen sich an und er hielt ihr seine Hand hin. „Komm.“

Als sie nach Oyster Bay fuhren, kämpfte Nan mit sich selber. Sie hatte Carrie eine Nachricht geschickt und ihr gesagt, dass sie Ettie etwas später abholen würde, aber jetzt steckte sie in einer Zwickmühle.

Sie wusste, dass sie sich in Stone verliebt hatte, richtig verliebt, aber sie konnte unmöglich weitermachen ohne ihm von Ettie zu erzählen. Es würde ihr das Herz brechen wenn er sie beide ablehnte, aber die Schmerzen würden mit der Zeit nur noch größer werden.

Und davon abgesehen, war es nicht fair ihn im Dunkeln zu lassen. Nein.. es war an der Zeit.

Als sie vor ihrem Haus hielten, küsste Stone sie. „Also, du kannst mich jetzt entweder einladen mit rein zu kommen oder ich kann gehen. Nun?“

Nan zögerte, wollte ihn mitnehmen, ihm das Kinderzimmer zeigen und ihm die Wahrheit sagen, aber nach einem Blick in den Rückspiegel verließ sie der Mut. Sie sah Carrie, mit gestresstem Gesicht, wie sie den Kinderwagen zu Nans Haus zuschob. Mist, sie hatte keine Zeit.

„Stone...“

Sein Handy klingelte und er warf einen Blick darauf, verärgert über die Unterbrechung. Sein Gesicht hellte sich auf.

„Hey, entschuldige, ich muss das annehmen. Ted? Ist alles in Ordnung?“

Nan schluckte, ihr Gesicht war feuerrot, als sie zusah, wie Carrie immer näher kam. Gott sei Dank waren Stones Fenster getönt. Sie sah zu ihrem Liebhaber und war über seinen Gesichtsausdruck schockiert.

„Ja. Ja, ich verstehe", sagte er. Sein üblicherweise stoischer Gesichtsausdruck war von Trauer überschattet.

„Ich bin auf der Insel... ich kann in zehn Minuten dort sein. Okay, okay, bis gleich."

Er legte auf und rieb sich über das Gesicht.

„Alles okay?" Nan berührte seine Wange und er drückte ihre Hand an sein Gesicht, seine Augen schlossen sich und er schüttelte den Kopf.

„Nein. Nein, das ist es nicht... mein Vater ist gerade gestorben. Ich muss los."

Nan verabschiedete sich und stieg aus, sagte Stone er solle anrufen wenn er etwas brauchte. *Himmel, armer Stone.* Die Erinnerungen daran wie sie sich gefühlt hatte, als ihre Eltern gestorben waren, brachen über sie herein. Egal wie alt man ist, man kommt niemals darüber hinweg.

Carrie kam zu ihr. „Oh Gott sei dank, Nan. Es tut mir leid, aber Jed ist krank und ich muss wieder zurück."

Nan nahm Ettie, die fest schlief und umarmte Carrie. „Das tut mir leid."

„Ich werde ihn wahrscheinlich in Quarantäne bringen müssen wenn es schlimmer wird, also..."

Nan rutschte das Herz in die Hose, aber sie lächelte Carrie an. „Kein Problem, Carrie, ich kann von zu Hause aus arbeiten ein paar Tage lang. Du bist immer für mich da. Falls es irgendetwas gibt, was ich für dich tun kann..."

Nachdem Carrie gegangen war, brachte Nan Ettie ins Haus und schloss die Tür hinter sich ab. So viel Trauma. Sie setzte sich mit Ettie auf dem Arm auf die Couch und kuschelte sich an sie, atmete ihren Pudergeruch ein. „Ich liebe dich so sehr, Tee-Tee", flüsterte sie ihrer Tochter ins Ohr. Ettie spreizte im Schlaf ihre Finger und drückte sie an Nans Wange.

„Käfer, schläfriger Käfer." Nan summte leise und schloss ihre

Augen, drückte ihre Lippen auf die winzige Stirn ihrer Tochter. Sie dachte an Stone, der zu seiner Familie auf der anderen Seite der Insel unterwegs war. Sie bemerkte die Schuldgefühle und die Trauer darüber, dass Etties Großvater gerade gestorben war. Der Großvater, der nicht wusste, dass sie existierte. *Oh Gott....*

Tränen liefen ihr über die Wangen und zum ersten Mal wurde Nan bewusst, was für einen riesigen Fehler sie gemacht hatte. „Was habe ich nur getan, Tee-tee?" Tränen tropften von ihren Augen, als sie leise weinte.

Was habe ich getan?

KAPITEL 12

S tones Herz fühlte sich an als würde es heute langsamer schlagen. Als er den Sarg seines Vaters den langen Weg durch die Kirche trug, spürte er nicht das Gewicht davon, nur eine allumfassende Trauer, die sich in seiner Brust eingenistet hatte.

ER SAH Eliso und Beulah Hände halten, beide sahen so niederge-schlagen aus wie er. Eliso berührte flüchtig seinen Arm als er vorbei ging, ein stummes Versprechen, dass er für ihn da war. Stones Mutter Diana weinte leise ganz vorn am Trauerzug, sie war flankiert von Stones Tante und Onkel. Sein Bruder Ted, der auch den Sarg mittrug, nickte ihm zu, als sie den Sarg vorn abstellten und sich an die Seite ihrer Mutter stellten.

STONE SAH SICH UM, sein Blick flog über die Gesichter der Trauer-gäste. Ein Gewicht hob sich von seinen Schultern als er sie in der letzten Reihe sah. Nan. Sie war gekommen. Er wollte zu ihr gehen, ihre Hand halten und Trost in ihren Armen suchen. Sie war die erste Person an die er an diesem Morgen gedacht hatte und es hatte ihn bis ins Innerste aufgewühlt. Er, Stone Vanderberg, brauchte sie. Sie war ihm so vertraut. Sein Zuhause. In den paar Tagen seit dem Tod seines Vaters, hatten sie mehr geredet als jemals zuvor. Und ironischerweise hatten sie sich seit dem Tag nicht mehr gesehen. Nan hatte ihm gesagt, dass er bei seiner Familie sein sollte, aber wenn er sie brauchen würde, dann könnten sie sich in Oyster Bay treffen.

DOCH SEINE MUTTER hatte seine ganze Zeit in Anspruch genommen und er hatte es nicht geschafft wegzukommen, aber sie hatten jeden Abend telefoniert, bis sie zu müde zum reden gewesen waren. Eines Morgens war Stone aufgewacht und hatte festgestellt, dass er den Telefonhörer nicht aufgelegt hatte und er hatte für ein paar Minuten lang ihren Atemzügen gelauscht bevor er aufgelegt hatte. Er wollte nicht, dass sie dachte er wäre ein Creep, aber er wollte wissen wie es sein würde neben ihr aufzuwachen. Ja, das hatten sie in Frankreich gehabt, aber jetzt, als ihre Beziehung so ganz anders war... er wollte mehr. Er wollte sie die ganze Zeit – für immer.

SIE ERWIDERTE JETZT seinen Blick und lächelte. „Geht es dir gut?", formte sie lautlos mit ihrem Mund.

Ich begehre dich. Er hatte es fast zurück geflüstert aber das war nicht der richtige Zeitpunkt und auch nicht der richtige Ort. Stattdessen nickte er und formte „Danke, das du gekommen bist", mit seinem Mund.

NAN LEGTE ihre Hand auf ihr Herz und Stone spürte wie ihm Tränen in die Augen stiegen. Nein, er würde jetzt nicht weinen. Er hatte es seit Tagen zurückgehalten, hatte es sich nicht einmal erlaubt zu weinen wenn er allein gewesen war. Aber in diesem Moment gestand er sich die Wahrheit ein; er hatte sich in Nan Songbird verliebt.

. . .

NACH DER BEERDIGUNG musste er seine Pflicht tun und seiner Familie zu Seite stehen, bevor er endlich Nan aufsuchen konnte. Sie war bei Eliso und Beulah, die sie offenbar den ganzen Familienmitgliedern vorstellten. Einige von ihnen war offenbar die Verbindung zwischen ihm und Nan aufgefallen, also zögerte er nicht sie auf den Mund zu küssen als er endlich bei ihnen war. „Danke das du gekommen bist", murmelte er an ihren Lippen. „Es bedeutet mir sehr viel."

NAN UMARMTE IHN FEST, ließ ihn dann los und schob ihre Hand in seine. „Wie geht es dir?"

„NICHT BESONDERS GUT, aber besser da du hier bist. Hey Eli, Beulah, danke das ihr gekommen seid."

„NATÜRLICH BRUDER." ELISO umarmte seinen Freund und Beulah küsste Stone auf die Wange. „Gibt es etwas, was wir für dich tun können?"

„DAS HABT ihr schon getan indem ihr alle einfach hier seid." Er drückte Nans Hand. „Kann ich dich einen kurzen Moment draußen sprechen?"

DAS WETTER WURDE LANGSAM KÜHLER, da der Herbst vor der Tür stand. Nan zitterte und Stone schlang seine Arme um sie. „Ich meine es ernst, dass du hier bist macht alles viel erträglicher."

NAN KÜSSTE IHN. „Es tut mir so leid wegen deinem Dad, Stone. Wirklich."

. . .

„ICH VERSTEHE ES NICHT... er war körperlich fit und gerade mal Mitte sechzig."

„WIE IST ES PASSIERT?"

„MOM HAT GESAGT, er ist nach einem Essen mit Ted krank geworden. Der Arzt sagte, er habe eventuell eine allergische Reaktion auf irgendetwas, was er gegessen hat gehabt, aber wir wissen von keinen Allergien. Wir bekommen bald die Ergebnisse der Untersuchung. Scheiße. Mom ist... am Boden zerstört. Sie hat ihren besten Freund, Lebenspartner und ihre große Leibe verloren." Stone schloss seine Augen und lehnte seine Stirn an Nans. „Ich könnte sagen, dass ich nicht weiß wie sich das anfühlt.. aber das wäre nicht wahr. Nicht mehr. Ich will nicht, dass es auf der Beerdigung meines Vaters ist, dass ich das erste mal Ich liebe dich sage... möchte aber, dass du es weißt. Du bist jetzt mein Leben, Nan Songbird."

IN IHREN AUGEN standen Tränen und Nan sah aus, als wollte sie ihm etwas sagen, als hinter ihnen eine Stimme ertönte. „Hey."

STONE DREHTE sich um und sah seinen Bruder, der sie anschaute, seine Augen schmal und wachsam. Ted lächelte beide humorlos an. „Wirst du mich deiner Freundin vorstellen, Stone?"

„NATÜRLICH." STONES KÖRPER SPANNTE SICH AN – Ted war betrunken. Stone konnte es in seinen Augen sehen. Er liebte seinen Bruder von ganzem Herzen, aber er wusste auch wie viel Verantwortung auf seinen Schultern lastete und er war sich des Blickes bewusst den Ted Nan gab. „Nanouk Songbird, das ist mein Bruder, Edward Vanderberg... für uns Ted. Ted, das ist meine Freundin, Nan."

. . .

NAN SCHÜTTELTE TEDS HAND, aber an ihrem zurückhaltenden Auftreten konnte Stone erkennen, dass auch sie die Trunkenheit in Teds Augen gesehen hatte. Sie sah Stone fragend an, als Ted mehr Whiskey aus seinem Glas nippte.

„WIE LANGE LÄUFT DAS SCHON?"

STONE LEGTE seinen Arm um Nans Schulter. „Eine Weile. Über ein Jahr... in etwa." Er lächelte Nan an, die ihm ein seltsames Lächeln schenkte, das er nicht ganz verstand. „Wir haben uns letztes Jahr auf dem Cannes Filmfestival kennengelernt, Ted. Nan ist eine Anwältin - Sie verteidigt zur Zeit Eliso."

„UND WIE HABT ihr euch kennengelernt?" Teds Ton war anklagend und Stone runzelte die Stirn. Was war sein Problem?

BEVOR ER ETWAS SAGEN KONNTE, erhob Nan das Wort. Von dem Klang ihrer Stimme war sie nicht von Stones Bruder beeindruckt. „Stone hat mich davor bewahrt vergewaltigt und ermordet zu werden, von einem Mann namens Duggan Smollett. Danach haben wir uns ange-freundet."

„EUCH... angefreundet?"

„DAS REICHT, Ted." Stone hatte genug. Er schnappte sich Teds Oberarm und führte ihn zum Haus. „Geh rein und trink ein bisschen Kaffee. Du bist beschämend und Mom braucht das heute nicht."

. . .

TEDS LÄCHELN VERBLASSTE und er sah plötzlich wie ein verlorener kleiner Junge aus. „Ja, tut mir leid." Er sah mit einem kleinen Lächeln zu Nan. „Tut mir leid. War schön dich kennenzulernen."

„FREUT MICH AUCH", sagte Nan. Stone wusste die Lüge zu schätzen. Heute war nicht der richtige Tag für Streitereien.

SPÄTER SUCHTE Nan ihn auf um sich zu verabschieden. „Ich wünschte du würdest bleiben", sagte er reuevoll, aber sie schüttelte ihren Kopf.

„DANKE, aber du musst jetzt bei deiner Familie sein."

STONE STRICH ihr das Haar aus dem Gesicht. „Werden wir jemals wieder nebeneinander aufwachen? Ich vermisse das."

NAN NICKTE. „Ich auch.. es ist nur kompliziert im Moment."

„LASS ES UNS VEREINFACHEN. Zieh bei mir ein."

NAN HOLTE TIEF LUFT. „Ich kann nicht... nicht im Moment, Stone."

STONE KÜSSTE SIE. „Denk einfach darüber nach, um mehr bitte ich nicht."

. . .

„ICH VERSPRECHE es." Sie küsste ihn zum Abschied und ging zu ihrem Auto. Ihr heruntergekommener alter Honda sah neben all den Bentleys, Lotusen und Mercedes fehl am Platz aus.

ALS SIE ZUM BAHNHOF FUHR, war sie innerlich aufgewühlt. Nan wusste, dass sie einen Fehler gemacht hatte, indem sie Stone nicht von Anfang an von Ettie erzählt hatte, denn nun hing das Wort Liebe in der Luft und sie bekam Panik.

SIE NAHM den Zug zurück in die Stadt und ins Büro. Alan traf sie an der Tür. „Ich habe schlechte Neuigkeiten."

„HIMMEL, was ist los?"

„RUTHIE WIRD VERMISST. Wir wollten sie abholen und in Sicherheitsgewahrsam bringen vor ihrer Anhörung und die Polizei war vor Ort."
   Nan war schlecht. „Was haben sie gefunden?"
   „Blut. Eine Menge Blut."

„OH GOTT, nein..." Nan sank auf einen Stuhl, bedeckte ihr Gesicht mit ihren Händen. Alan tätschelte ihre Schulter.

„ICH HASSE es das zu sagen, aber zumindest hat sie bevor das passiert ist mit der Polzeit gesprochen. Wir können ihre Aussage immer noch für Eliso benutzen."

„ABER WAS IST MIT RUTHIE?"

· · ·

„DIE POLIZEI KÜMMERT SICH DARUM. Tut mir leid, aber das liegt nicht mehr in unseren Händen. Ich habe einen Antrag auf das Fallenlassen der Anklage gestellt, ich bezweifle, dass Ruthies Aussage ausreicht, aber man weiß ja nie."

„OKAY." NAN RIEB sich über ihre Stirn. Arme Ruthie. „Ich muss wissen warum die Staatsanwaltschaft immer noch den Fall durchziehen will, besonders jetzt, wo Zeugen attackiert werden." Sie hatte noch Hoffnung, dass Ruthie irgendwo noch am Leben war. „Das wird gefährlich."

„ICH WEISS. Sei vorsichtig Nan. Wir haben keine Ahnung wer dahinter steckt."

ALANS WARNUNG SORGTE DAFÜR das sie paranoid war als sie abends im Zug zurück nach Oyster Bay saß. Als sie Ettie von Carrie abholte, sah sie sich ständig um, als sie schnell nach Hause ging und sie schloss alle Türen sorgfältig ab, bevor sie sich entspannten konnte.

ETTIE SCHLIEF TIEF UND FEST, ihre kleine Wangen bewegten sich als sie nuckelte. Nan war erschöpft, ihr Körper war schwer, ihre Brüste voller Milch. Sie legte Ettie in ihre Krippe, holte die Milchpumpe aus dem Kinderzimmer und lehnte die Tür an.

SIE MACHTE sich einen Tee und setzte sich auf die Couch, den Kopf zurückgelehnt und pumpte die Milch ab. „Das ist so sexy", sagte sie zu sich selber und gluckste. Was sie dir nicht über das Füttern deines Babys sagen...

· · ·

TROTZ DES ZUGES an ihren Nippeln war sie entspannt, war kurz davor einzuschlafen. Warum zur Hölle war sie in letzter Zeit nur immer so müde? War es der Marathonsex mit Stone? Oder die ganzen Überstunden an Elisos Fall? Als sie einschlief galt ihr letzter Gedanke der Entführung von Ruthie...

EIN LAUTES KLOPFEN weckte sie auf und benommen stand sie auf, um zur Tür zu gehen, bevor das Klopfen Ettie wecken konnte. Sie konnte nicht einmal klar denken als sie die Tür aufriss und erschrocken zurücksprang.

STONE GRINSTE sie an und wollte gerade etwas sagen als Ettie aufwachte und zu schreien anfing.

KAPITEL 13

Eine Millionen Gefühle rauschten durch Stones Körper, aber die vorrangigste war Verwirrung. Nan, die offensichtlich ihre Bluse eilig zusammengenommen hatte, sah ihn an und die Schuld stand ihr mitten ins Gesicht geschrieben. Als das Baby anfing zu schreien, sah sie panisch aus.

„Kompliziert", wiederholte Stone ihre Worte. Er verstand das jetzt. Sie hatte jemand anderen bei sich zu Hause – darum konnte er niemals zu ihr kommen. Und nicht nur das... sie hatten ein Kind.

Stones Herz gefror im selben Moment. „Ich sehe, dass ich störe. Ich gehe wieder." Alles in seinem Körper drängte ihn dazu sich an ihr vorbeizuschieben und den Mann dort drinnen windelweich zu prügeln.

Nan starrte ihn an und eine Sekunde lang dachte er sie würde ihn bitten zu bleiben. Aber dann schloss sie ihre Augen und schüttelte ihren Kopf. „Nein."

Stone drehte sich auf dem Absatz um. „Da musst du dir schon was besseres einfallen lassen, Nanouk. Das ist mehr als nur ein... oh Gott... das ist schlimmer als bloß zu lügen."

„Du hast recht. Stone, bitte. Komm herein und ich erkläre es dir."

Er zögerte aber seine Neugier war stärker als seine verletzten Gefühle und er nickte. „Nur die Wahrheit."

„Ich schwöre es."

Er folgte ihr hinein, erwartete einen anderen Mann zu sehen. Stattdessen ging sie durch das Haus in ein anderes Zimmer. Stone wartete im Wohnzimmer. Bald darauf kam Nan zurück, trug ein kleines Kind – ein sehr junges Kind – auf ihren Armen. Sein Herz begann schneller zu schlagen.

„Stone... das ist Ettie. Sie ist vor vier Monaten auf die Welt gekommen." Nans Stimme zitterte, aber Stone konnte seinen Blick nicht von dem Kind abwenden. Sie hatte die dunkle Hautfarbe von Nan und auch ihre dunklen Haare... aber ihre blauen Augen waren unverkennbar.

Stone sah Nan an. Er musste es von ihr hören. Sie nickte. „Ja. Ja Ettie ist deine Tochter, Stone."

Stone starrte sie entsetzt an als sie leise zu weinen begann.

Stunden später. Stunden. Nans Herz war ausgequetscht worden, erfroren und in kleine Stücke zerbrochen. Sie lag auf ihrem Bett mit der schlafenden Ettie neben sich. So, das war es dann also – nun waren es sie und Ettie gegen den Rest der Welt. Sie hatte ihr Herz für Stone aufs Spiel gesetzt – und verloren.

Er wollte sie nicht.

Sogar jetzt, als sie sich das selber sagte, konnte sie es nicht glauben. Er hatte seinen Mund geöffnet um etwas zu sagen und als sie ihm seine Tochter hingehalten hatte, hatte er sich umgedreht und das Haus verlassen, die Tür leise hinter sich geschlossen. Sie hatte sich gewundert warum er sie nicht zugeschlagen hatte, aber sie war dankbar, dass er es nicht getan hatte.

Himmel, du Närrin, Songbird. Du hattest es fast alles und nur weil du so ein Feigling warst, hast du alles vermasselt.

Nan presste ihre Lippen auf Etties pummelige Wange. „Jetzt haben wir nur noch uns", flüsterte sie und holte tief Luft. „Und das ist okay."

Das ist okay. Sie sagte es sich immer wieder, bis sie in einen unruhigen Schlaf versank und nach ein paar Stunden von Alan geweckt wurde, der sie anrief um ihr zu sagen, dass die Anklage gegen Eliso fallengelassen worden war.

Eliso fragte Alan mehrmals bevor er es glauben konnte. „Es ist vorbei?"

„Die Anklage ist fallengelassen worden. Miles Kirke hat mich persönlich angerufen. Was mich stört ist, dass er nicht im geringsten verärgert geklungen hat. Er hat verloren und ist froh darüber? Mir gefällt das nicht – er hat irgendetwas vor."

Nan runzelte die Stirn. „Hat er gesagt warum?"

„Er hat gesagt, dass Ruthies Aussage es bewirkt hat."

„Blödsinn." Nan bremste sich. „Tut mir leid. Aber das glaube ich nicht."

Beulah nickte. „Ich auch nicht. Nichts davon hat jemals einen Sinn ergeben, warum also jetzt? Und nur wegen der Aussage eines einzigen Zeugen? Ich stimme Nan zu. Das stinkt zum Himmel."

„Ja, aber im Moment lasst uns einfach dankbar sein, dass die Anklage fallen gelassen wurde. Dein Reisepass wird dir wiedergegeben, Eliso, aber bleib bitte noch in New York – nur für alle Fälle."

„Schön. Beulah hat ein Fotoshooting in Manhattan und ich muss erst nächsten Monat wieder an meinem nächsten Filmset sein."

„Gut. Lass uns in Verbindung bleiben."

Als Alan wieder in sein Büro ging, setzte sich Nan noch ein Weile zu Eliso und Beulah. „Wie geht es dir?", fragte sie Eliso.

„Ich fühle mich seltsam. Heute Morgen noch hatte ich eine Anklage am Hals und jetzt? Es scheint zu unwirklich zu sein."

„Ich würde vorsichtig sein. Irgendjemand hat dir eine Falle gestellt und derjenige ist noch dort draußen."

„Ich weiß."

Beulah musterte Nan und Nan fragte sich, ob Stone ihr etwas erzählt hatte. „Du siehst müde aus, Nan. Warum kommst du nicht mit uns zum Abendessen?"

Nan lächelte sie an. „Da muss ich leider nein sagen. Sagt es nicht Alan, aber ich werde zu Miles Kirke gehen und ihn fragen was er vor hat."

„Ist das sicher?"

„Kirke lässt sich nicht gern auf gefährliche Dinge ein. Ich wette das er gedacht hat, dass das hier einfach werden würde und nicht angenommen hat, dass wir jemanden finden der beweisen kann, dass das ganze eine Falle war. Im Moment versucht er den Schaden zu begrenzen und ich denke, dass ich ihn auf unsere Seite holen kann."

„Frauenpower." Beulah grinste sie an und Nan gluckste.

„So in der Art."

Miles Kirke ist ein arroganter, selbstverliebter Narzisst, entschied Nan eine Stunde später, als er sie über seinen antiken Schreibtisch hinweg angrinste. Oder eher ein Schreibtisch der auf antik getrimmt war. Der Schreibtisch war wie Kirke – äußerlich beeindruckend und teuer – innen oberflächlich und billig.

„Ich weiß nicht, was ich Ihnen sagen soll, Ms. Songbird, außer das Sie mich überzeugt haben. Eliso Patini ist genauso wenig ein Mörder wie ich es bin."

Nans Augen zogen sich zu Schlitzen zusammen. *Herablassendes Arschloch.* „Verzeihen Sie wenn ich frei spreche, Mr. Kirke, aber die ganze Angelegenheit war von Anfang an dünn und ich denke mir es war nur ein Publicity Gag."

Etwas wie Ärger flackerte in den Augen des Mannes und Nan wusste, dass sie ins Schwarze getroffen hatte.

„Ms. Songbird, weiß Ihr Boss, dass Sie solche Anschuldigungen vorbringen?"

„Nein, und ich mache keine Anschuldigungen, Mr. Kirke, ich frage nur warum es trotz Mangel an Beweisen zur Anklage gekommen ist, nur um sie dann fallenzulassen."

Miles Kirke setzte sich aufrecht hin und verschränkte seine Finger vor sich. „Wissen Sie, manchmal ist das Leben einfach so. Ms. Songbird, ich habe Sie beobachtet, Ihre Karriere im Auge behalten. Sie sind sehr hartnäckig, etwas, was wir hier in diesem Büro gut gebrauchen können."

„Bieten Sie mir einen Job an um mich abzulenken, Mr. Kirke?" *Himmel, der Mann war unterwürfig.*

„Nein, ich biete Ihnen einen Job an, um sie von Elizondo wegzulocken. Wir zwei wären ein großartiges Team."

Igitt, wirklich? So wie seine Augen über ihren Körper wanderten wusste sie genau von was für einer Art Team er sprach. „Nun, das ist sehr freundlich, aber mir gefällt es wo ich jetzt bin, danke."

„Und Stone Vanderberg? Ist er mit den Umständen zufrieden?"

Nan wurde still. „Entschuldigung?"

Miles grinste erneut und sie wollte ihm dieses Grinsen aus dem Gesicht prügeln. „Die Menschen reden. Ich höre zu."

„Ich schlage vor, dass Sie jegliche Gerüchte, die sie eventuell über mein Privatleben gehört haben vergessen, Mr. Kirke." Sie stand auf. „Danke für Ihre Zeit."

„Ich wette Sie sind ein spektakulärer Fick."

Nan wirbelte herum. „Was zum Teufel haben Sie gerade zu mir gesagt?"

Kirke war auch aufgestanden, schnellte um den Schreibtisch herum und griff ihre Handgelenke.

„Du hast mich gehört. Was ist nun damit, Nan? Lass mich die Ware testen. Ich höre das Vanderberg verrückt nach dir ist, und er ist niemand den man leicht überzeugt."

Nan trat ihm in die Hoden und er krümmte sich, hustete aber dennoch ein Lachen.

„Sie verabscheuungswürdiger Mistkerl", sagte Nan wild vor Wut. „Ihr Boss wird davon hören."

„Oh, das glaube ich nicht", sagte Miles der sich schnelle erholt hatte und ihr ein böses Grinsen zuwarf. Er humpelte zu seinem Schreibtisch und holte einen Order hervor, den er ihr zuwarf. „Ich denke nicht, dass du oder Stone Vanderberg, den Namen eurer Tochter so schnell in der Presse haben wollt. Patinis Anwältin fickt mit dem besten Freund? Das hört sich sehr nach einem Interessenskonflikt an."

Nan starrte ihn mit offenem Mund an. „Sie haben mich verfolgen lassen?"

„Natürlich. Ich bin immer sehr gründlich. Du hast Vanderberg letztes Jahr in Cannes kennengelernt, hattest eine Affäre und hast seine Tochter zur Welt gebracht, bevor du wieder Kontakt zu ihm aufgenommen hast. Willst wohl das Kindergeld von Daddy, hm, Songbird?"

Nan dachte sie müsse sich übergeben und weinen. Sie nahm ihre Tasche und schlug die Tür von Kirkes Büro hinter sich zu, sah den mitleidigen Blick seiner Sekretärin. Diese Art von Angriff passte zu ihm. Arschloch.

Nan war sich über eines sicher als sie am Abend im Zug auf dem Weg nach Hause saß. Sie hatte von Männern gründlich die Nase voll. Sie holte Ettie ab, hielt ihre Tochter fest an sich gedrückt, ließ ihren Geruch und ihre Wärme ihre aufgewühlten Nerven beruhigen. Sie hoffte, dass Ettie niemals mit dieser Art von Beleidigungen und sexuellem Angriff in Berührung kam. Beide, Doug Smollett und Miles Kirke, waren vom selben Schlag – reiche Männer, die sich nahmen was sie wollten. Wenn sie könnte, würde sie beide zu Fall bringen.

Als sie den Schlüssel in ihre Tür schob, hörte sie wie jemand ihren Namen rief und drehte sich um. Ein junger, blasser Mann rief sie. „Miss Songbird? Miss Nanouk Songbird?"

„Das bin ich."

Er gab ihr einen Umschlag. „Bitte, Sie haben eine Vorladung erhalten. Einen schönen Tag noch."

Was zur Hölle? Sie beobachtete wie er zu seinem Auto ging und ihr fröhlich zuwinkte. Das machte jetzt schon drei Männer auf ihrer Liste. Sie trug Ettie hinein, fütterte und badete sie, bevor sie den Brief öffnete. Ettie gluckste fröhlich auf ihrer Spielmatte als Nan sich endlich den Inhalt anschauen konnte. Er kam von einem Anwalt von der Upper East Side, der noch exklusiver war als Alan. Sie lass den Brief und keuchte dann entsetzt auf.

Stone klagte auf das Sorgerecht für Ettie.

KAPITEL 14

Eliso und Beulah gingen durch die Stadt zurück zu ihrem Hotel und wurden ab und zu von Fans aufgehalten. Eliso posierte für Selfies und gab lächelnd Autogramme und hatte freundliche Worte, aber er war froh als sie wieder in der Stille ihres Hotelzimmers waren. Beulah küsste seine Augenlider.

„ALLE SIND SO MÜDE", sagte sie. „Nan sah nicht gut aus, oder?"

„ICH KENNE sie nicht gut genug, um mich dazu äußern zu können", sagte Eliso. „Aber ich denke wir sind alle erschöpft."

BEULAH FUHR mit den Fingern durch seine dunklen Locken. „Ich weiß, wie wir unsere Freiheit richtig feiern können."

ELISO LÄCHELTE. „Und wie?"

. . .

BEULAH GRINSTE und ging ins Badezimmer. „Ein gemeinsames Bad, ein tolles Essen...“

„Und?“

Er hörte sie aus dem Badezimmer kichern. „Und eine Menge schmutziger Sex.“

„JETZT VERSTEHEN wir uns.“ Eliso nahm seine Krawatte ab und schlüpfte aus seiner Jacke. Beulah kam wieder ins Zimmer. „Fängst du ohne mich an?“

„NIEMALS.“

„DANN LASS mich das tun.“

ELISO SCHÜTTELTE SEINEN KOPF. „Oh nein. Heute Nacht habe ich das Sagen, Bella.“

BEULAH GRINSTE als er ihre Hände nahm, sie umdrehte und seine Lippen auf ihre Handgelenke drückte. „Ich liebe dich, mein brummeliger Italiener.“

„TI AMO, Bella Beulah, ti amo...“

ER LIEß seine Hände unter ihr Kleid gleiten und zog ihr es über den Kopf. Ihre Brüste, fest und voll, brauchten keinen BH und er beugte den Kopf, um ihre Brustwarze in den Mund zu nehmen und sie streichelte über seine dunklen Locken. Seine Fingerspitzen strichen über ihren Bauch, der leicht gerundet war und unter seiner Berührung erbebte, dann wanderten sie weiter nach unten, und zogen sanft ihre Unterhose über ihre langen Beine nach unten.

„Du bist eine Göttin", flüsterte er, seine Lippen auf ihrem Bauch und sie gluckste, keuchte dann auf als er ihre Beine auseinander schob und ihre Klit in den Mund nahm.

Er hörte sie stöhnen und lächelte, seine Hände krallten sich in ihren perfekten Hintern, als er sie leckte. „Gott, Eli... ich will deinen Schwanz..."

Er widerstand bis sie kam, dann stand er auf, zog seine Jeans aus und Beulah riss ihm sein Hemd vom Leib. Sein Schwanz pochte, war fast schmerzhaft hart als er sie hochhob und ins Bett trug.

„Ich will zuerst deinen Schwanz", sagte Beulah zu ihm und er nickte, als sie ihn in ihren warmen Mund nahm. Der Anblick seines Schwanzes, der zwischen ihren wunderschönen Lippen hin und her glitt machte ihn noch härter und er kam auf ihrer Zunge und sie schluckte jeden Tropfen. Er wurde bereits wieder steif vor Erwartung, als er sie nach hinten auf das Bett drückte und sie spreizte ihre Beine weit, gab ihm einen atemberaubenden Ausblick auf ihre rote, geschwollene Fotze, so nass und bereit für ihn.

„Mio Dio, Beulah, mio Dio..." Er bedeckte ihren Körper mit seinem und drückte seinen großen Schwanz tief in sie, während sie sich unter ihm wand, stieß fest zu, spürte wie sich ihre Finger in sein Fleisch gruben, ihn dazu drängten tiefer, fester und heftiger zuzustoßen.

. . .

SIE FICKTEN STUNDENLANG, lachten und alberten herum, beide erleichtert, dass der Alptraum vorüber war. Beulah legte ihren Kopf auf seine Brust. „Wer würde dir so etwas antun wollen?"

„DAS IST EINE GUTE FRAGE. War es die ganze Zeit schon. Ich wünschte nur... nun, dass sie das arme Mädchen da raus gelassen hätten. Wen jemand mir etwas anhaben wollte, warum dann nicht mir allein?"

„ODER mir."

ELISO SCHAUDERTE. „Sag das niemals, Bella. Davon abgesehen, bei deiner Bewachung kommt sowieso niemand an dich heran."

BEULAH HOB ihren Kopf und sah ihn an. „Eli?"

„JA, Babe?"

SIE LÄCHELTE und er bewunderte ihre sanfte exotische Schönheit. „Willst du mich heiraten?"

ELISO GRINSTE. „Das sind meine Worte. Geduld, Mädchen. Ich werde dich bald fragen."

„ICH BIN NICHT UNGEDULDIG. Wie ich schon zu Nan gesagt habe, Frauenpower. Willst du, Eliso Patini, mir die Ehre erweisen, mein Ehemann zu werden?"

· · ·

ELISO SETZTE sich auf und zog sie an sich, küsste sie auf den Kopf. „Beulah Tegan, nichts, und ich meine nichts, würde mir mehr Vergnügen bereiten als dein Ehemann zu sein. Ja. Ja, natürlich!"

BEULAH QUIETSCHTE und verteilte eine Millionen Küsse auf seinem Gesicht, während er lachte. „Wir sollten Champagner kommen lassen." Sie warf einen Blick auf die Uhr. Drei Uhr Morgens. „Meinst du, sie bringen uns welchen?"

ELISO ROLLTE MIT DEN AUGEN. „Ich bin mir sicher, dass das kein Problem ist, Babe." Er nahm das Telefon und rief den Zimmerservice an. Er grinste sie an während er mit dem Manager sprach. „Ja, bitte. Ihre zwei teuersten Flaschen. Was? Ja, ja, das wäre toll. Wir feiern. Danke."

ER LEGTE auf und küsste Beulah. „Dein Champagner ist unterwegs, Bella. Wir werden eine Flasche trinken. Die andere werde ich über deinen sensationellen Körper sprühen und langsam jeden Tropfen auflecken."

BEULAH STÖHNTE ERWARTUNGSVOLL und setzte sich auf ihn. „Und während wir warten..."

SIE FÜHRTEN seinen Schwanz in sich ein und sie liebten sich langsam. Eliso fuhr mit seinen Händen über ihre Brüste, ihren Bauch, zog sie zu sich herab, damit er sie küssen konnte. „Ti amo", murmelte er, seine Lippen an ihre und er wusste, dass es so war. Diese Frau in seinen Armen... niemand würde ihm je wieder so viel bedeuten. Sie passten so perfekt zueinander.

. . .

SIE KAMEN beide gleichzeitig kurz bevor der Champagner eintraf – gebracht vom Nachtmanager höchstpersönlich – Eliso war ja immerhin ein Superstar. Seid die Anklage fallen gelassen worden war, wurden sie im Hotel besser behandelt.

„ICH KOMME MIT EINER ENTSCHULDIGUNG, Sir. Unsere Eismaschine ist außer Betrieb, aber ich fülle den Behälter gern aus der Eisstation am anderen Ende des Flurs.“

ELISO WINKTE ab und reichte ihm ein großzügiges Trinkgeld. „Nein, ist schon gut. Ich mache das. Danke, wir wissen es zu schätzen.“

DER MANAGER, ein schlanker, gut aussehender Engländer, lächelt beide an. „Und darf ich Ihnen im Namen des Hotels gratulieren?“

„DANKE.“ BEULAH LÄCHELTE ihn an und Eliso schüttelte seine Hand.

ALS SIE WIEDER ALLEIN WAREN, nahm Eliso den Eisbehälter. „Ich bin gleich wieder da.“

BEULAH WEDELTE MIT DEM TELEFON. „Lass dir Zeit. Ich ruf London an.“

„KANNST es wohl nicht erwarten es deiner Mutter zu erzählen?“ Eliso lächelte sie an und sie grinste.

„Sie ist so in dich verliebt, dass ich sie nur eifersüchtig machen würde.“

· · ·

„Haha."

BEULAH LÄCHELTE. „Liebling, ich weiß nicht wie eich es dir sagen soll, aber..." Sie nickte zu seinem Geschlecht hin und er bemerkte, dass der Reißverschluss nicht zu war. „Kein Wunder, dass der Manager gelächelt hat." Beulah streckte ihre Zunge raus und kicherte.

AUF DEM FLUR füllte Eliso den Eisbehälter und machte sich auf den Rückweg als eine ältere Frau auf ihn zukam und ihn mit zusammengekniffen Augen ansah. „Oh großartig, ich habe gewonnen!"

ELISO BLINZELTE. „Bitte?"

„SIE SIND dieser gut aussehende Italiener, der Schauspieler... Shirley?" Sie brüllte den Gang hinunter und Eliso verbarg ein Grinsen. Eine weitere ältere Frau steckte ihren Kopf aus einem Zimmer.

„WENDY, sei ein bisschen leiser." Sie starrte Eliso auch an und Wendy triumphierte. „Du schuldest mir fünfzig Mäuse! Er ist es!"

„HERR IM HIMMEL." Shirley kam aus dem Zimmer und lief den Gang entlang auf sie zu. Als sie bei ihnen war, hob sie die Hand und legte sie an Elisos Gesicht. „Himmel, du bist ein gut aussehender Junge. Du hast recht, Wendy, er ist es."

„UND DU SCHULDEST mir fünfzig Mäuse."

. . .

SHIRLEY WINKTE AB. „Ja, ja." Sie zog ihr Iphone heraus. „Können wir ein Foto haben?"

ELISO GRINSTE SIE AN. „Natürlich, es ist mir ein Vergnügen." Beide, Wendy und Shirley, schmiegten sich an ihn, als sie das Bild machten. Beulah, immer noch am Telefon, steckte ihren Kopf aus dem Zimmer und sah sie. Sie grinste.

„IST DAS DEINE FREUNDIN?", fragte Shirley eifersüchtig und Eliso gluckste.

„DAS IST MEINE VERLOBTE", sagte er stolz. Beulah warf ihm einen Handkuss zu und verschwand wieder im Zimmer. Shirley und Wendy wollten ihren Hauptgewinn aber nicht so einfach davon kommen lassen und stellten allerhand Fragen. Gutmütig wie immer schwatzte Eliso mit ihnen und wollte sie gerade zum Essen einladen, als ein entsetzlicher Schrei durch den stillen Gang hallte.

ELISO LIEß den Eisbehälter fallen und rannte auf den Schrei zu – er wusste sofort, dass es seine Liebste, seine Beulah war, die seine Hilfe brauchte.

ER STÜRZTE IN DAS ZIMMER – und sah sie. Beulah lag auf dem Boden und überall war Blut. Sie sah mit verängstigten Augen zu ihm auf und dann wanderte ihr Blick zu etwas hinter ihm. „Nein, tu ihm nicht weh, nein..."

ELISO WANDTE SICH UM – und alles wurde dunkel.

· · ·

ALS ELISO bewusstlos zu Boden fiel, keuchte Beulah angstvoll auf, als der Angreifer sich wieder ihr zuwandte. „Bitte... nicht..."

Sie sah nichts anderes als seine Augen, darin lag keinerlei Mitgefühl oder Gnade. Sie hatte sich gerade von ihrer Mutter verabschiedet, als er sie von hinten gefasst hatte und sie in den Rücken gestochen hatte. Beulah hatte geschrien und er hatte sie auf den Boden geworfen, gerade als Eliso ins Zimmer gekommen war.

ER HAT eine schwere Statue von dem Schreibstich genommen und diese auf Elisos Kopf geschlagen als sie schrie.

JETZT ZOG er ihren Bademantel auseinander und sie versuchte sich zu wehren. „Warum?", fragte Beulah, als er seinen Arm zurückzog. „Warum tust du das?"

ER HÖRTE PLÖTZLICH auf und beugte sich nach vorn und flüsterte leise in ihr Ohr und Beulah keuchte auf. Als ihre Augen sich vor Schock weiteten, stieß ihr Angreifer sein Messer immer wieder in ihren Bauch, bis Beulah keine Luft mehr bekam.

IHR LETZTER BEWUSSTER Gedanke galt dem Mann, den sie liebte... *Eliso... Eliso.... ich liebe dich... ich liebe dich so sehr...*

Ihr Mörder zog das Messe heraus und wischte das Blut an ihrem Bademantel ab. Sein Schwanz war steinhart als er sein Werk betrachtete. Solch ein schönes Mädchen. Er schloss ihre Augen und fuhr mit den Fingern über ihre Lippen. Er hatte ihr zugeflüstert, hatte ihr gesagt, dass er sie töten würde weil sie schön war, weil sie Eliso liebte und weil er es genießen würde – und das Entsetzen stand in ihren Augen geschrieben als sie starb.

· · ·

ER HÖRTE Stimmen und glitt leise davon, hörte Schreie, als er den Flur entlang und die Treppe hinunter rannte. Er machte sich keine Sorgen, dass man ihn erkennen würde; er hatte seine Sachen gut ausgewählt: alles schwarz, um das Blut zu verbergen, eine Gesichtsmaske um sein Äußeres zu verstecken.

DRAUßEN IN DER Dämmerung lief er zu einer Gasse und warf die Kopfbedeckung in eine Mülltonne. Er hatte vorher eine Jacke dahinter verborgen, etwas, das er über seine schwarzen Sachen ziehen konnte, damit er wenig verdächtig aussah wenn er flüchtete.

ER GING RUHIG aus der Gasse heraus und zur nächstgelegenen U-Bahnstation. Er kaufte eine Zeitung und las sie wie jeder andere Pendler auf dem Weg zur Arbeit. Als er in seinem Büro ankam wurde er von seiner persönlichen Assistentin begrüßt und bat sie, ihm Kaffee zu bringen.

ERST ALS ER ALLEIN WAR, erlaubte er sich an den Mord zu denken, ihn noch einmal zu durchleben, die kalte Aufregung zu genießen. Bald würde es überall in den Nachrichten sein. Elisos wunderschöne Verlobte ermordet, Patini selber angegriffen und bewusstlos geschlagen.

ER LÄCHELTE. Er würde es genießen ihren Mord noch einmal zu erleben und freute sich auf den Nächsten, den er bereits vorbereitete: Patinis Anwaltsfreundin. Stones Betthäschen.

NAN SONGBIRD.

KAPITEL 15

N an wollte druch das Krankanhaus rennen aber mit einer schlafenden Ettie auf den Armen musste sie sich auf einen schnellen Schritt beschränken. Auch wenn sie wusste das Stone hier sein würde, hatte sie kommen müssen. Sie sah Alan, lief auf ihn zu und sah dann das er mit Stone sprach. Stone sah am Boden zerstört aus.

ER STAND auf als er sie sah. „Danke das du gekommen bist", sagte er leise.

„SELBSTVERSTÄNDLICH… gibt es etwas Neues?"

„ELISO WIRD NOCH OPERIERT. Der Schlag den er abbekomen hat war heftig genug um sein Hirn bluten zu lassen."

NAN WURDE SCHLECHT. „Oh Gott… und Beulah?"

. . .

STONE UND ALAN sahen sich an und Nan wusste Bescheid. Beulah war tot. „Oh nein... nein...“

Ihre Beine gaben nach und Stone brachte sie leise zu einem Stuhl. „Lass mich sie eine Weile halten bis es dir wieder besser geht.“

NAN GAB ihm Ettie ohne zu zögern, etws worüber sie später nachdenken würde. Alan setzte sich neben Nan. „Die Polizei hat sie beide gefunden und sie hierher gebracht, aber Beulah war schon tot bevor sie hier ankam. Auf sie war mehrere Male eingestochen worden, genau wei bei Willa Green.“

„HIMMEL... und wahrscheinlich auch bei Ruthie.“ Nan schloss ihre Augen und beugte sich nach vorn, dunkle Punkte tanzten vor ihren Augen. „Arme, arme Beulah... all das... Leben, die Freude, einfach weg... ich fasse es nicht.“

SIE SAH zu Stone auf und ein Blitz aus Wärme und Angst schoss durch sie hindurch. Er starrte auf seine Tochter und Nan war geschockt Liebe in seine Augen zu sehen. Er sah zu ihr auf und der Eindruck verschwand. Himmel.. er hasst mich. Sie stand auf und streckte ihre Hände aus. „Ich kann sie jetzt wieder nehmen.“

STONE GAB ihre Ettie ohne etwas zu sagen zurück. „Ich werde mit dem Operationsteam reden und sehen was ich erfahren kann.“

ER DREHTE sich auf dem Absatz um und ging den Flur hinunter. Nan seufzte und drückte Ettie fester an sich. Alan beobachtete sie wachsam. „Gibt es igrendetwas was ich wissen sollte? Ich dachte ihr zwei wärt Freunde.“

Nan holte tief Luft. „Alan... Ettie ist Stone Vanderbergs Tochter. Wusstest du das wir eine Beziehung hatten letztes Jahr während ich in Frankreich war? Nun, ich habe herausgefunden, dass ich schwanger bin als ich wieder hier war und den Rest kennst du.“

„Nicht wirklich. Vanderberg wusste nichts von Ettie?“

Sie konte den Vorwurf in seiner Stimme hören. „Er hat mir letztes Jahr ziemlich klar gesagt, dass er keine Kinder will. Niemals.Also habe ich es ihm nicht gesagt – Himmel ich dachte nicht das ich ihn jemals wiedersehe. Dann wurde Eliso Patini des Mordes angeklagt. Gott, armer Eliso.“

Alan dachte über das was sie ihm erzählt hatte und sie sah ihm ins Gesicht. „Du denkst, dass ich falsch gehandelt habe?“

Er seufzte. „Ich habe nicht das Recht dir zu sagen wie du dein Leben führen sollst, Nan.“

„Er hat mich wegen dem Sorgerecht verklagt.“

Alans Augenbrauen schossen in die Höhe. „Was?“

„Ja.“

· · ·

Sie saßen lange schweigend da. „Nan, lass mich etwas sagen...“

„Leg los.“

„Er sieht aus wie ein gequälter Mann. Als er Ettie gehalten hat... ich will jetzt nicht behaupten, dass ich ein Experte bin was Körpersprache belangt, aber er hat gerade seine Vater verloren. Dann hat er herausgefunden, dass er ein Kind hat. Dann wird sein bester Freund angegriffen und dessen Verlobte brutal ermordet. Vielleicht...“ Er sah zu der schlafenden Ettie und sein Gesicht wurde weich. „Vielelicht seid ihr beide das was er im Moment braucht. Er reagiert aus Qual und Schock heraus.“

„Meinst du?“

„Er hat Recht.“ Beide schracken zusammen als Stones Stimme die Stille durchbrach. Er sah Nan an, seine Augen waren voller Schmerz und es brach ihr das Herz. „Können wir reden?“

Alan stand auf und klopfte ihm auf den Rücken. „Niemand ist im Aufenthaltsraum... warum geht ihr nicht dort hin? Ich bleibe hier.“

Nan wusste nicht was sie von Stones Bitte halten sollte, aber das was er tat war das Letzte was sie erwartete. Er schloss die Tür hinter sich als sie den kalten klinisch reinen Aufenthaltsraum betreten hatten. Dann kam er zu ihr und Ettie. Zärtlich drückte er seine Lippen auf die Stirn seiner Tochter und küsste dann Nan, sein Mund fest auf ihrem. Er lehnte seine Stirn an ihre. „Es tut mir leid. Ich habe es nicht so gemeint.. es spielt ja jetzt auch keine Rolle. Ich verstehe es jetzt. Ich verstehe warum du es mir nicht gesagt hast – das tue ich."

„Ich wollte dir niemals weh tun", flüsterte sie. „Aber ich musste Ettie beschützen."

„Ich weiss." Er strich mit einem Finger über Etties pummelige Wange. „Sie ist so wunderschön, Nan."

Tränen tropften auf Nans Wange. „Das ist sie und sie ist so sanft, Stone. Ich weiss du willst keine..."

„Ich war ein Narr. Wie könnte ich sie nicht wolen?" Er sah zu Nan auf. „Euch beide. Ich liebe dich Nan – ich liebe dich wie verrückt." Er lachte kurz auf. „Ich muss zugeben, dass das neu für mich ist. Du hast mich... verzaubert, Nanouk Singbird. Und du Ettie Songbird... du bist das beste, reinste Ding auf der Welt."

Nan fing jetzt an zu weinen und Stone schloss sie beide in seine Arme. Nan sah mit geröteten Augen zu ihm auf. „Ich liebe dich auch", sagte sie mit brüchiger Stimme. „So sehr... ich hatte Angst und war leichtsinnig, aber ich bereue es nicht dich zu lieben oder Ettie zu haben. Ihr seid das Beste was mir jemals passiert ist und es tut mir Leid, dass ich alles falsch gemacht habe. Kannst du mir verzeihen?"

„Es gibt nichts zu verzeihen, Liebling, nichts." Er streichelte ihr Gesicht und wurde dann ernst. „Ich habe jedoch eine Bitte... es wird immer offensichtlicher, dass derjenige der versucht Eliso Leid zuzufügen, vor nichts halt macht. Der Mörder hat Eliso aus gutem Grund nicht umgebracht – das ist noch nicht vorbei und ich glaube, dass wir alle in Gefahr schweben. Würdest du mit Ettie bitte bei mir einziehen? Mein Haus ist sicher und ich habe ein großes Sicherheitsteam."

NAN ZÖGERTE. Was es zu viel, zu schnell? Sie kannte die Gefahr in der sie sich eventuell befanden aber bei ihm einziehen? Sie sah auf ihre schlafende Tochter und traf ihre Entscheidung. „Gut. Bis der Mörder hinter Gittern ist. Dann... nun, dann müssen wir noch einmal drüber nachdenken ob wir dafür schon bereit sind."

STONES SCHULTERN SANKEN ERLEICHTERT HERAB. „Gut. Danke. Und ich werde außerdem meinem Anwalt Bescheid geben, dass er die Klage um das Sorgerecht fallen lassen soll. Ich wäre gern Etties Vater, aber das ist deine Entscheidung."

NAN SAH ZU IHM AUF. „Darüber können wir sprechen."

STONE KÜSSTE SIE UND SEUFZTE. „Himmel, ich habe das Gefühl nicht klar denken zu können, jetzt wo Eliso so viel Ärger am Hals hat."

„ICH WEISS WAS DU MEINST. Ich muss die ganze Zeit an Beulah denken..." Nans Stimme brach. „Warum sollte irgendjemand sie umbringen wollen?"

STONE SCHÜTTELTE SEINEN KOPF. „Ich kann mir die Gründe dieses Psychopathen nicht einmal vorstellen. Die Polizei sagt es sah aus wie ein Mord aus purer Freude."
    „Er hat das genossen?"

. . .

STONE SAH SO SCHLECHT aus wie Nan sich fühlte. Alan klopfte an der Tür. „Hey, tut mir Leid wenn ich störe, aber der Arzt ist hier."

ELISO PATINI WACHTE AUF, sein Kopf schmerzte höllisch, aber was schlimmer war, war sein Herz, das in Tausend Stücke zerbrochen war. Er wusste, dass sie weg war, er spürte es tief in sich. Ein Arzt kam in sein Blickfeld. „Mr. Patini. Wie fühlen Sie sich?"

ALS WÄRE ich in der Hölle. „Verwirrt." Er musste es wissen, er hatte immer noch einen Funken Hoffnung. „Beulah?"

DER ARZT MUSSTE die Worte nicht aussprechen, aber Eliso musste sie hören. „Es tut mir so leid, Mr. Patini, wir haben alles versucht um Mrs. Tegan zu retten. Ihre Verletzungen waren zu schwer."

MIO DIO... Eliso schloss seine Augen und wünschte er müsste sie nie wieder öffnen.

„ELI?" Eine süße, vertraute Stimme. Fenella ließ ihre Hand in seine gleiten. Er öffnete seine Augen um seine Schwester anzuschauen. Fenella hatte rot gerändert Augen mit dunklen Schatten darunter. Ihre Wangen waren nass von Tränen. „Eli, es tut mir so leid."

„ICH BIN FROH, dass du hier bist, Fen." Seine Stimme war rau und seine Kehle tat weh. „Ich brauche etwas Wasser."

· · ·

„Nur Eiswürfel für dich, befürchte ich, nur solange wir Ihre Heilung überwachen." Die Ärztin drückte Elis Ahnd. „Sie hatten eine schwere Hirnverletzung, Mr. Patini."

Eliso nickte und bereute es im selben Moment. Alles tat weh, aber nichts so sehr wie der Verlust von Beulah. „Ich denke die ganze Zeit sie kommt jeden Moment in das Zimmer und macht einen Scherz." Himmel, wie konnte das real sein?

Fenella nickte. „Glaub es oder nicht, ich auch. Ich wünschte ich wäre netter zu ihr gewesen. Aber ich war eifersüchtig. Eifersüchtig darauf, dass sie mir den kleinen Bruder weggenommen hat, so dumm das jetzt auch klingt. Kleinliche Gefühle die mich davon abgehalten haben ihre Freundin zu sein. Eli, das werde ich für immer bereuen. Beulah war eine wundervolle Person."

„Danke, dass du das sagst." Er sah sich nach einer Uhr um. „Wie lange war ich bewusstlos?"

Fen schluckte. „Eine Woche. Sie haben dich in der Nacht als es passiert ist noch operiert, und dann noch einmal zwei Tage später. Dein Hirn war angeschwollen und sie mussten den Druck wegnehmen. Es ist eine Erleichterung, dass du so mühelos sprechen kannst, wir hatten alle solche Angst, dass du nicht mehr du selbst sein würdest oder überhaupt nicht mehr aufwachen würdest. Sie haben heute Morgen angefangen sich aus dem Koma zu holen."

Eine Woche. „Beulahs Eltern?"

„Wir haben sie am selben Tag noch einfliegen lassen, keine Sorge. Beulahs Mutter hat bei dir gesessen, deine Hand gehalten. Und auch

Nan und Stone. Wusstest du, dass sie ein Baby haben?"

Elis Augen wurden groß. „Nein... was? Bist du sicher?"

„ZIEMLICH SICHER. Ettie. Sie ist zuckersüss und Stone ist ganz verliebt. Ich hätte niemals gedacht, dass ich das jemals sehen würde."

„Verdammt." Eliso übermannte die Traurigkeit. Wie hatte die Welt sich in so kurzer Zeit so sehr ändern können?

BEULAH WAR TOT und Stone war Vater? Das war zu viel und er fühlte sich ausgelaugt. Er sah seine Schwester an. „Beulah... ihre Beerdigung?"

FEN SAH VERLEGEN AUS. „Ihre Eltern wollen ihren Körper mit nach London nehmen, aber sie wollen erst mit dir reden. Sie hofften, dass du aufwachen würdest bevor sie die Entscheidung treffen müssen. Um Beulah wird sich gekümmert, keine Sorge."

ES KLOPFTE an die Tür und Ted Vanderbeerg steckte seinen Kopf ins Zimmer. Seine Augen wurden groß und er lächelte als er sah, dass Eliso wach war. „Dem Himmel sei dank, Mann. Kann ich reinkommen?"

„NATÜRLICH, Ted."

TED ZOG sich einen Stuhl ans Bett. „Stone und Nan haben die kleine Ettie für ein paar Stunden nach Hause gebracht. Sie waren rund um die Uhr hier, aber Stone hat darauf bestanden das Nan und das Baby sich etwas asuruhen. Sie komen später wieder."

.   .   .

ELISO WAR seinem besten Freund dankbar. Stone war immer für ihn dagewesen und er wusste, dass das jetzt nicht anders sein würde. Er nickte Ted zu. „Wie fühlt man sich als Onkel, Ted?"

TED LÄCHELTE, sein Gesicht wurde weich. „Unglaublich... ich muss zugeben, dass ich nie ein wirklicher Fan von Nan war und mich auf Dads Beerdigung wie ein Arsch benommen habe. Aber Ettie? Wow. Macht mich richtig Stolz."

ELISO LÄCHELTE, aber die Trauer fing an sich schwer auf ihn zu legen. Der Gedanke, dass seine Zukunft - die die er mit Beulah, die Liebe seines Lebens, geplant hatte, in Tausend Scherben zerschlagen war, war unerträglich. Er war zerbrochen und er wusste, dass niemand ihm jemals wieder helfen konnte.

FENELLA SCHIEN ZU SPÜREN, dass er etwas Zeit allein brauchte. „Hey, Teddy, lass uns Eli etwas in Ruhe lassen und wir holen uns einen Kaffee, okay?"

„SICHER." TED DRÜCKTE ELISOS ARM. „Wenn du etwas brauchst, Kumpel, dann ruf mich an, okay?"

ELISO NICKTE, atmete aber erleichtert auf als er allein war. Er wollte trauern. Mio Dio, Beulah, meine Liebe, mein Leben, ich habe dich im Stich gelassen... ich habe dich nicht beschützt, es tut mir so leid... ich liebe dich...

...ICH WERDE DICH IMMER LIEBEN.

KAPITEL 16

Nan wachte auf, steif und irritiert, aber gemütlich in Stones Bett. Er hatte eine große, weiche Decke über sie gelegt und jetzt schob sie sie beiseite und stand auf. Aus dem Wohnzimmer hörte sie Stones tiefe Stimme und Etties fröhliches Glucksen. Sie ging zur Tür und beobachtete sie einen Augenblick lang. Stone kitzelte seine Tochter die sich kichernd wand und fröhliche Geräusche machte. Nan fühlte wie ihr Herz anschwoll. Die vergangene Woche war immer noch unglaublich.

Stone hatte sie und Ettie in seine Wohnung geholt und Nan war verblüfft gewesen wie einfach das alles war. Innerhalb von Stunden hatte er einen Raum in ein Kinderzimmer verwandelt mit allem was ein Baby brauchen konnte. Er hatte es sogar mit Pastellfarbene Möbeln eingerichtet, eine wunderbare, und wie Nan wusste, teure Krippe gekauft, ein Tagesbett, ein Schaukelstuhl für sie um Ettie zu füttern und Körbe voller Dinge die sie eventuell brauchen konnte.

Nan war überwältigt gewesen und ein bisschen drucheinander. Von einem Mann der ihr gesagt hatte, dass er niemals Kinder haben wollte – zu dem? Stone hob Ettie jetzt hoch und drückte sie an seine breite Brust. Ettie griff mit ihren winzigen Fingern nach seinem Gesicht.

„Ihr zwei seht so gut aus zusammen", sagte Nan leise und Stone sah auf und lächelte sie an.

„Hey, meine Schöne, hast du gut geschlafen?"

Sie nickte, ging zu den beiden und streichelte Etties dunklen Kopf. Ihre Tochter blinzelte sie jetzt müde an. Nan küsste ihre Stirn. „Das habe ich, danke, aber ich könnte eine Dusche vertragen. Sie muss aber erst gefüttert werden."

Stone gab ihr das Kind und Nan knöpfte ihre Bluse auf. Sie lächelte ihn an als Ettie anfing zu trinken. „Stört dich das nicht? Dieser ganze Madonna / Huren Kompex ist an dir vorbeigeganen?"

„Ich habe daran niemals geglaubt", sagte Stone und streichelte die Wange seiner Tochter. „Was? Eine Frau wird plötzlich unattraktiv weil sie Mutter ist? Blödsinn. Ups." Er schaute sie schuldbewusst an und Nan lachte.

„Ich denke wir brauchen das mit dem Fluchen nicht so ernst zu nehmen bis sie anfängt zu sprechen."

„Entschuldige." Er glucktse und küsste sie. „Egal, was ich sagen wollte ist... dass nur weil du mein Kind fütterst, es dich nicht weniger anziehend macht. Ganz im Gegenteil." Er stupste ihre Nase. „Wirklich, ich könnte dich gar nicht noch mehr wollen, Nan Songbird."

Sie küsste ihn und lächelte. „Wenn sie schläft muss ich baden... willst du mir in der Dusche Gesellschaft leisten?"

„Wie wäre es mit einem langen heißen Bad?"

Sie stöhnte. „Gott, das klingt so gut."

„In der Zwischenzeit, hast du Hunger? Durst?"

„Eine Tasse Tee wäre perfekt."

„Kommt sofort."

Nachem Ettie gefüttert war und in ihrer neuen Krippe fest schlief, zogen Nan und Stone sich gegenseitig langsam aus und legten sich in die riesige Badewanne. Stone schlang seine Arme um sie. „Ich liebe dich, Nan Songbird."

„Ich liebe dich auch. Ich habe mir überlegt, dass wir über Etties Namen nachdenken sollten... möchtest du, dass sie deinen Nachnamen trägt?"

Stone küsste sie auf die Schäfe. „Also, klar, aber sie ist schon seit fünf Monaten als Ettie Songbird auf der Welt. Und so schön wie der Name auch ist, habe ich eine gespaltene Meinung darüber."

Nan drehte sich zu ihm um. „Geht mir auch so... aber ich will, dass du irgendwie enthalten bist, also habe ich mich gefargt was du von Janie als Zweitnamen halten würdest? Der Name deiner Schwester?"

Stone sah mitgenommen aus und im nächsten Moment gerührt. „Wow. Du überrascht mich jeden Tag aufs Neue, Baby. Das wäre wundervoll. Eine wirkliche Ehre, in Erinnerung an Janie! Danke."

„Gern, liebling. Erzähl mir mehr von ihr – du hast mir gesagt, dass sie gestorben ist, aber nicht viel darüber wie sie war."

Stone fuhr mit seinen Händen durch Nans lange Haare. „Sie war dir sehr ähnlich – wir hatten eine ganz spezielle Verbindung. Sie war viel jünger. Ich war schon zwölf als sie auf die Welt kam, Ted war neun. Janie war wie ein kleiner Junge, ist immer auf Bäume geklettert wenn sie es eigentlich nicht durfte, hat immer gelacht. Sie war einfach fröhlich." Ein Schatten verbreitete sich auf seinem Gesicht. „An dem Tag an dem sie gestorben ist... ich musste für die Schule etwas erledigen und hatte schlechte Laune. Ich habe ihr gesagt, dass ich nicht mit ihr spielen konnte und sie hat geschmollt. Sie ist losgezogen um Ted zu suchen und sie sind zum Strand gegangen. Eine Stunde später kam Ted schreiend zum Haus gelaufen, sagte Janie sei in das Meer gegangen und er könne sie nicht finden. Sie haben ihren Körper zwölf Tage später gefunden, als er ans Ufer gespült worden war."

„Himmel, das ist schrecklich. Ted muss am Boden zerstört gewesen sein."

Stone nickte. „Ich denke nicht, dass er sich das jemals verziehen hat, aber, Himmel, er war ein Kind. Was hätte er tun sollen?"

Nan küsste ihn. „Es tut mir Leid, Baby." Sie seufzte. „Ich kann mir gar nicht vorstellen was Eliso gerade durchmacht."

„Undenkbar." Stones Arme schlossen sich fester um sie. „Wenn dir jemals etwas zustossen sollte... Gott."

„Wird es nicht. Wir werden dieses Arschloch erwischen und

dafür sorgen, dass er im Gefängnis verrottet. Er wird niemandem mehr wehtun."

Stones Fingerspitzen glitten über Ihren Rücken, ließen sie vor Lust erbeben. Stone starrte sie an. „Für die nächsten paar Stunden lass uns einfach so tun als ob es nichts Schlechtes auf der Welt gibt."

Nan nickte, ihre Augen dunkel vor Verlangen. „Gute Idee." Ihre Lippen trafen auf seine und Feuer explodierte in ihrem körper. Ihre Brüste, ihre Nippel steinhart, drückten sich an seine Brust, ihr Bauch lag an seinem als sie sich auf ihn setzte und spürte wie sein Schwanz langsam hart wurde. Sie rieb mit ihrer Muschi drüber. „Fick mich hart, Stone!"

Stone grinste und hob sie hoch, spiesste sie mit seinem großen Schwanz auf. Nan seufzte glücklich als er sie ausfüllte und sie fingen an sich gemeinsam zu bewegen, beide sahen dabei zu wie sei Schwanz immer wieder in sie glitt.

„Gott, ich liebe es dich zu ficken, Nan. Unser Körper passen so gut zusammen."

„Wie füreinander geschaffen."

„Genau.. und jetzt fester Baby... tiefer..."

Nan begann sich tiefer auf in zu senken, fühlte wie er sie komplett ausfüllte und Stone ließ seine Hand zwischen ihre Beine gleiten um ihre Klit zu streicheln. „Das ist gut, gib dich mir hin."

Nan schloss ihre Augen und ließ ihren Kopf zurückfallen. Stone drückte seine Lippen auf ihre Kehle.

„Du bist so verdammt schön, Nanouk, so unglaublich gut zu ficken... ich will dich jede Nacht."

Das Gefühl von seinem Schwanz in ihre Fotze und seine Finger auf ihrer Klit machten sie verrückt. „Sag mir was du mit mir machen willst."

Stone knurrte laut. „Ich will dich so hart ficken, dass du am nächsten Morgen nicht geradeaus laufen kannst, will deine Klit saugen bis du schreist, in deine Nippel beissen bis du mich anflehst aufzuhören, deinen Bauchnabel mit meiner Zunge ficken weil ich weiß, dass dir das gefällt. Ich kann dich auf so viele Arten kommen lassen, schönes Mädchen."

Nan keuchte auf und schrie als sie kam, fühlte ein Hitze durch ihren Körper rauschen, ihre Muschi zog sich um seinen Schwanz zusammen und er stieß noch fester zu. Stone grinste als sie versuchte wieder zu Atem zu kommen. „Weisst du was? Ich werde dich von hinten ficken während ich dich an das Fenster drücke, ganz Manhatten sehen lassen wie die schönste Frau der Welt kommt."

Nan war so Geil von seinem Gerede, dass sie ihn in die Schulter biss und zum stöhne brachte.

„Wilde Tigerfrau."

Er hielt sein Versprechen, fickte sie von hinten an dem großen Fenster im Wohnzimmer, nahm sie dann mit in seinem Bett und stieß tief in sie ein, bis sie beide vollkommen erschöpft waren. Sie schliefen in fester Umarmung ein und wachten erst auf als die Sprechanalage ertönte.

„Ich hoffe ich habe euch nicht bei irgendetwas gestört", sagte Ted als sein Bruder ihn hereinließ. Stone umarmte ihn.

„Nein, wir haben nur geschlafen. Komm rein. Himmel, ist es schon acht Uhr?"

Ted gluckste. „Ja, die Tage vergehen in letzter Zeit wie im Flug. Ich war gerade im Krankenhaus, Eliso ist wach."

Stone bieb stehen. „Ist er das?"

„Ja und die Ärzte sage ihm geht es gut, aber er braucht Ruhe. Deshalb bin ich hier. Sie sagten er dürfte heute Abend keine Besucher mehr haben."

Stone seufzte, nickte aber. „Okay. Willst du einen Kaffee?"

„Gern."

„Hey."

Sie drehten sich beiden beim Klang von Nans Stimme um. Ihr Bademantel war fest um sie gewickelt, sie ging auf Stone zu und warf Ted einen wachsamen Blick zu. Sie hatten sich nur ein paar Mal seit ihrem ersten seltsamen Treffen gesehen und Nan wusste immer noch nicht was sie von Stones Bruder halten sollte. Jetzt lächelte er sie freundlich an.

„Hey Nan, wie geht es dir?"

„Gut, danke. Also, so gut wie uns allen unter den gegeben Umständen."

Teds Lächeln verblasste. „Ich weiss. Ich habe noch nie jemanden gesehen der so am Boden zerstört ist wie Eliso. Es ist schrecklich. Er hat davon gesprochen das Land zu verlassen, sich zur Ruhe zu setzen. Ich denke nicht, dass er das ernst meint, er nimmt ziemlich starke Medikamente, aber dennoch."

„Wir können nicht zulassen das er sich quält. Er hätte nichts tun können. Jemand hat ihn ins Visier und wir müssen herausfinden warum." Stones Stimme war hart und Nan nickte.

„Genau."

Ted räusperte sich. „Ich muss euch beide auch warnen, die Presse schlachtet das gerade aus – jedes Detail"

Er sah Nan entschuldigend an. „Und auch eure Beziehung, Ettie..."

„Oh verdammt!"

„Ja. Irgendjemand versucht es gerade so aussehen zu lassen, als währt ihr alle in seinem Sexklub gewesen und das Beulah bei einem Messerspiel ums Leben gekommen ist."

„Was zur Hölle?" Nan war stinksauer. „Was erlauben die sich?"

„Sie wollen ihren Dreck verkaufen, Baby, also denken sie sich etwas aus. Ignoriere es einfach. Wir sind alle Erwachsen und die meisten Menschen wissen, dass das nicht wahr ist."

Nan zischte und Stone zog sie in seine Amre. „Alles was wichtig ist, ist das wir zusamnen sind und in Sicherheit. Ted, haben sie das Sicherheitspersonal im Krankenhaus so eingesetzt wie wir das besprochen haben?"

„Ja. Niemand kommt an Eli oder Fen oder Beulahs Eltern heran." Er seufzte. „Das ist eine wirklich dumme Situation. Ich meine Eliso ist wahrscheinlich einer der umgänglichsten Typen in der Filmindustrie, er hat keinerlei Feinde."

„Wir wissen alle wie besessen manche Menschen von irgendwelchen Filmstars sein können. Stone klang erschöpft. „Wir müssen daran glauben, dass die Polizei ihn findet – oder sie."

„Meinst du eine Frau könnte so etwas tun?" Ted sah überrascht aus und Nan lachte zynisch.

„Wir sind zu so etwas genauso fähig, glaub mir. Auch wenn es Gott sei Dank nicht so häufig passiert." Sie rieb sich über ihr Gesicht. „Ich kann nicht aufhören an Beulah zu denken. Wie kann so eine lebendige Person... einfach ausgelöscht werden?"

„Die Antwort darauf werden wir niemals erfahren."

Alle drei saßen einen Moment lang schweigend da bevor Nan aufstand. „Ich schau mal nach Tee-tee."

Als sie an Ted vorbeikam nahm er ihre Hand. „Nan, ich wollte nur sagen... das erste Mal als wir uns getroffen haben war ich ein Arschloch. Es tut mir leid. Ich hoffe wir können Freunde sein."

Nan lächelte ihn an. „Natürlich. Diese Woche hat uns allen gezeigt, dass es nicht Wert ist solche kleinlichen Streitereien zu haben."

Ettie war wach, saugte stumm an ihrem Daumen. Nan nahm ihn behutsam aus ihrem Mund. Ich dachte wir hätten uns darauf geeinigt, dass wir nicht am Daumen nuckeln, Tee-tee."

Sie grinste als sie ihre Tochter hochhob und verzog dann das Gesicht. „Jemand hat einen Stinker gemacht."

Als sie ihre Tochter säuberte und die Windel wechselte, küsste sie den kleinen Bauch und brachte Ettie zum Glucksen. Sie drückte sie an sich und küsste sie. „Du bist das Beste auf dieser Welt, Tee-Tee, das allerbeste."

„Zweiter."

Nan spürte wie Stone seine Arme um sie schlang und seine Lippen auf ihre Schläfe drückte. „Ist Ted weg?"

„Ja. Sieht so aus als wären wir drei heute Abend allein."

Nan lehnte sich an ihn. „Das klingt perfekt."

Sie verbrachten einen wunderbaren Abend miteinander, aßen, spielten mit Ettie und redeten viel bevor sie ins Bett gingen. „Schau nur unseren kleinen Haushalt an", witzelte Nan und Stone lachte, schüttelte seinen Kopf.

„Wenn mich eine meiner Exfreundinen jetzt sehen würde."

Nan glitt unter die kühlen Laken. „Wie viele Exfreundinnen hattest du denn genau?"

Stone lachte. „Willst du das wirklich wissen?"

Nan dachte darüber nach. „Eigentlich nicht. Ich will nur wissen ob es im Moment eine andere Frau gibt."

Stone drehte sie zu sich und zwang sie dazu ihm in die Augen zu schauen. „Es gibt und wird niemals eine andere für mich geben. Ich habe mein zuhause bei dir gefunden, Nanouk Songbird."

Sie wurde rot. „Du süßholzraspler. Himmel, Frankreich scheint so weit weg zu sein."

Stone grinste. „Nun, wenn du es genau wissen willst, 4000 Meilen."

Sie kicherte und boxte ihn an den Arm. „Halt den Mund. Aber ernsthaft, so viel ist passiert zwischen heute und damals. Ich wünschte nur, dass man denjenigen fassen würde der Eliso quält und das er sicher ist."

„Ich auch Baby, ich auch."

„Blumen?"

Eliso sah amüsiert aus als die Krankenschwester das große Bouquet in seine Zimmer brachte. Niemand den er kannte würde ihm Blumen schicken. Die Schwester gab ihm lächelnd eine Karte die aus dem Umschlag gefallen war.

Er öffnete ihn und zuckte erschrocken zurück. Mit zitternder Hand hob er das Foto auf das aus der Karte gefallen war.

Beulah, Tot. Ihr wunderschöner Körper von einem Messer zerissen, ihre Augen offen und starrend, entsetzen auf ihrem Gesicht. Blut.

„Mio Dio, mio Dio..." Eliso drehte das Foto und irgendwie wurde seine Welt noch düsterer. Auf der Rückseite waren vier Worte mit schwarzer Tinte geschrieben ud Eliso wusste, dass sein Alptraum noch lange nicht vorbei war. Vier Worte.

Jeden den du liebst.

KAPITEL 17

N an starrte die Sicherheitsleute missmutig an, die sie ein paar Wochen später an einem Montag morgen in die Arbeit begleiteten. Sie warf ihrer persönlichen Assistentin einen entschuldigenden Blick zu, die nicht glücklich darüber war, dass das Sicherheitsteam das Büro nach Waffen, Bomben, Wanzen und wer weiß was sonst noch absuchte.

SEIT ELISO die Drohung erhalten hatte, hatten er und Stone angefangen die Sicherheit für jeden, der in den letzten zwanzig Jahren in ihrer Nähe auch nur geatmet hatte, aufzurüsten und ließen ein nein nicht zu. Nur Ted hatte sich dem ganzen verschlossen und Stone mitgeteilt, dass er seine eigenen Bodyguards anheuern würde.

„ICH WILL NICHT STREITEN, ich will mir nur meine eigenen suchen. Ich muss mich diese Woche mit ein paar Studiotypen treffen wegen den Angeboten, die für Eliso reinkommen und habe deshalb lieber meine eigenen Leute um mich."

Stone war nicht glücklich darüber, aber er wusste, dass er Ted nicht dazu zwingen konnte seine Hilfe anzunehmen. „Schön, aber Teddy, bitte... ich habe schon meine Schwester verloren..."

DAS WAR das Falsche was er zu Teddy hatte sagen können, der den Blick abwandte. Nan war diejenige, die die Situation rettete. „Er hat dir keine Vorwürfe gemacht, Ted. Er hat es nicht so gemeint."

STONE WURDE KLAR wie seine Worte sich angehört haben mussten und hasste es seinen Bruder so zerknirscht zu sehen. „Ich habe dir wirklich keine Vorwürfe gemacht, Teddy. Ich habe mich falsch ausge-drückt. Tut mir leid."

TED WAR ERFREUT GEWESEN als Nan ihm gesagt hatte, dass sie Ettie den Namen seiner verlorenen Schwester geben wollten. „Das ist wunderbar." Er war zu Tränen gerührt und Nan umarmte ihn. Ihre Beziehung hatte sich um so vieles verbessert in den letzten paar Wochen, dass sie den wütenden, hasserfüllten Mann, den sie auf der Beerdigung seines Vaters kennengelernt hatte, fast nicht mehr erkannte.

Sie hatte sich auch mit Stones und Teds Mutter, Diana, ange-freundet. Die grauhaarige und elegante Diana Vanderberg war die Tochter von Ward Vanderberg, dem Geld hinter dem Impe-rium. Sie lebte noch in den Tagen von Jacke Kennedy, zog sich Schick an, normalerweise in Chanel oder Givenchy, besonders wenn sie eine Spendengala in ihrer Villa veranstaltete, aber wenn sie Nan und ihre Enkelin besuchte, trug sie lockere Sachen – für sie.

„ICH BIN SICHER diese Jeans kosten mehr als mein Jahresgehalt", murmelte Nan einem amüsierten Stone zu, als sie zusahen wie Diana und Ettie mit Farben spielten und ihr Kind mit seinen Händen

Muster auf den Designer Jeans der Großmutter hinterließ. Diana schien es nicht zu stören.

DIANA HATTE sich Nans Geschichte angehört, warum sie Stone nicht von Ettie erzählt hatte und hatte sich mitfühlend gezeigt. „Ich bin der Meinung, dass du das Einzige getan hast, was du für richtig empfunden hast", sagte sie zu Nan und Nan war erleichtert, dass die ältere Frau sie nicht verurteilte.

SIE WAR ERSTAUNT HERAUSZUFINDEN, dass Diana ihre Mutter gekannt hatte. „Wir hatten mehrere Veranstaltungen in der Oyster Bay Bilbiothek – Genevieve hat dort gearbeitet, richtig?"

NAN HATTE STOLZ GENICKT. „Sie hat den Laden wie ein Uhrwerk geführt. Meine ältere Schwester Etta hat auch dort gearbeitet."

„WIE WUNDERBAR." DIANA MUSTERTE SIE. „Stone hat mir gesagt, dass du lange allein warst. Lass mich einfach das eine sagen, Nanouk, du bist jetzt ein Teil dieser Familie."

JETZT, wo sie wieder auf der Arbeit war, Ettie sicher daheim bei Diana und ihrem massiven Sicherheitsteam war – und es Nan egal, dass es ein bisschen übertrieben war, sie wollte ihre Tochter in Sicherheit haben – und sie hatte das Gefühl, dass sie sich endlich wieder voll auf ihren Job konzentrieren konnte. Alan rief sie in sein Büro sobald er hörte, dass sie da war.

„NEUIGKEITEN VON DER POLIZEI. Sie sagen, dass sie die Möglichkeit untersuchen, dass Beulah die Zielscheibe gewesen war."

Nan seufzte. „Das könnte sein, aber ich denke, dass wenn jemand von Beulah besessen gewesen war... sie auch Eliso umgebracht hätten. Dazu kommt die Drohung, die er erhalten hat und die direkt an ihn gerichtet war."

„Stimmt, aber sie müssen es überprüfen." Alan lehnte sich zurück. „Wir müssen auch bedenken, dass es jemand sein könnte der Eliso nahe steht."

„Wie?"

„Seine Schwester. Stone. Stones Familienmitglieder – Ted ist Elisos Manager."

Nan schüttelte ihren Kopf. „Ich kann für sie alle meine Hand ins Feuer halten. Zumindest für Stones Familie."

„Nan... vielleicht solltest du dich aus diesem Fall zurückziehen. Du bist zu nahe dran, zu nah an Eliso, den Vanderbergs. Kannst du ehrlich behaupten, dass du unparteiisch bist?"

Nan sank in sich zusammen. „Weißt du was? Du hast recht. Das bin ich nicht. Ich bin nicht unparteiisch. Kann ich nicht sein. Diese Menschen sind, so erstaunlich es auch ist, meine Familie. Jede Nacht schließe ich meine Augen und stelle mir Beulahs Entsetzen, ihre Schmerzen vor. Ich sehe wie sehr Elisos Herz gebrochen ist. Ich sehe die Angst in Stones Augen, die ein Spiegelbild meiner eigenen ist, dass der Mörder Ettie in die Hände bekommt." Sie spürte wie ihr die Tränen in die Augen traten und Alan ergriff ihre Hand.

. . .

„WARUM NIMMST du dir nicht Frei solange das hier noch dauert. Natürlich bezahlt. Du solltest bei deiner Familie sein."

„DU MUSST MICH NICHT BEZAHLEN", sagte sie, aber Alan winkte ab.

„NIMM DIR ZEIT. Sei bei deiner Tochter, Nan. Komm wieder wenn das alles vorbei ist."

NAN FUHR ZURÜCK zu Stones Wohnung und sie wusste, dass sie das richtige tat. Die Last fiel ihr von den Schultern. Sie würde Zeit haben um ihre eigene Nachforschungen zu machen, ohne darüber mit Alan reden zu müssen. Sie lächelte ihre zwei massiven Sicherheitsleute an als sie nach unten in die Garage unter dem Gebäude fuhren.

„WIE GEFÄLLT EUCH DAS BABYSITTING, Jungs?"

EINER VON IHNEN, Greg, grinste. „Wir tun nur unseren Job, Mrs. Songbird."

ALS SIE AUS dem Auto stiegen, wollte Nan ihn gerade fragen ob er früher beim Militär gewesen war, als sie jemanden rufen hörte. Ihr Name wurde gerufen.

„NAN!"

ALS SIE SICH umdrehte und Greg und der andere Wachmann, Simon, scharf auf das Geräusch reagierten, sah Nan entsetzt wie Duggan

Smollett auf sie zu gestolpert kam, die Augen blickten wild, eine Waffe war direkt auf sie gerichtet.

FÜR EINE SEKUNDE lang stand die Zeit still und dann schob Greg sie wieder in das Auto, als Duggan Smollett das Feuer eröffnete.

GEWEHRSCHÜSSE und das Quietschen von Reifen. Noch mehr Schreie. Greg auf ihr, sie mit seinem Körper schützend. Dann Stille.

„GREG? Greg, alles okay? Wurdest du getroffen?"

„NEIN. Bleiben Sie unten. Bleiben Sie unten."

ES WAR DUNKEL im Auto unter Gregs großem Körper. Sie hörte wie Simon etwas rief und das Gewicht hob sich von ihr, als Greg sich bewegte und sie aufsetzen ließ.

„BRING MRS. SONGBIRD IN SICHERHEIT, dann werden wir uns... darum kümmern."

GREG HIELT ihren Oberarm fest umklammert und schob Nan zum Fahrstuhl. Als die Türen sich schlossen sah sie ihn. Duggan. Von einem schwarzen Audi an die Wand genagelt, Blut überall auf dem Asphalt. Tot.

„Was zur Hölle ist passiert?"

. . .

GREG WAR AUFGEWÜHLT. „Mr. Vanderberg hat ihn mit dem Auto ange-fahren. Ihn festgehalten. Simon wollte schießen, aber Mr. Vander-berg hat ihn gestoppt. Sie warten jetzt unten auf die Polizei."

IRGENDETWAS NAGTE an ihr und eine Sekunde lang wusste sie nicht was es war. „Wie zur Hölle ist Duggan Smollet hier herein gekommen?"

GREGS SCHAUTE GRIMMIG. „Das müssen wir noch herausfinden. Wenn wir oben ankommen müssen Sie im Fahrstuhl bleiben bis ich alles gesichert habe, verstanden?"

NAN, verängstigt und schockiert, nickte. Im Stockwerk zum Pent-house stieg Greg aus, zog seine Waffe. Ein paar Sekunden später war er wider da. „Alles in Ordnung. Danke, dass Sie gewartet haben."

NAN GING in das Apartment um nach Diana zu sehen deren blaue Augen sie besorgt anblickten. „Was ist los?" Sie hielt Ettie, die bemerkt hatte das etwas nicht stimmte und die Arme nach ihrer Mutter ausstreckte.

NAN NAHM sie und drückte sie an sich, holte ein paar mal tief Luft bevor sie Diana erzählte, was passiert war. Diana sah erschüttert aus. „Und Ted hat ihn aufgehalten?"

DAS WAR ES. Das war es, was sie nicht verstanden hatte. Stone fuhr einen Lotus, Ted hatte den schwarzen Audi. Sie schaute zu Greg, offenbar suchte sie eine Bestätigung. Er nickte. „Ja. Mr. Edward

Vanderberg hat Smollett mit seinem Auto angefahren. Ihn Gott sei Dank getötet."

NAN SCHÜTTELTE IHREN KOPF. „Ich verstehe nur nicht... Ich dachte das Ding mit Duggan wäre vorbei gewesen, in Cannes letztes Jahr. Warum sollte er jetzt versuchen mich zu töten und wie zur Hölle ist er rein gekommen?"

„WIR MÜSSEN WARTEN was die Polizei sagt, denke ich."
Kurz darauf kam Ted, begleitet von der Polizei. Diana umarmte ihren Sohn, gefolgt von Nan. „Danke", flüsterte sie ihm ins Ohr. „Du hast mir das Leben gerettet."

TED SCHÜTTELTE SEINEN KOPF. „Jeder andere hätte dasselbe getan. Die Polizei will deine Aussage. Hat jemand schon Stone angerufen?"

„STONE WEGEN WAS ANGERUFEN?"

SIE DREHTEN sich zu der Stimme um und waren überrascht einen erschöpften Eliso an Stones Seite zu sehen.
„Schaut wer zu Besuch gekommen ist." Stone grinste seinen Freund an, aber Nan konnte sehen wie der andere Mann fast umfiel.

„ELI, setz dich doch zu mir." Sie ließ ihn sich neben sie setzen und hielt seine Hand. Dann sah sie wieder zu Stone und versuchte zu lächeln. „Auch wenn es wunderbar ist euch beide zu sehen, haben wir ein paar unangenehme Neuigkeiten."

. . .

STONE WAR NICHT NUR SAUER, er war stinkwütend. Wütend auf Duggan Smollett und wütend auf sich selber, weil er nicht dafür gesorgt hatte, dass Smollett Nan nie wieder zu nahe kommen konnte. Warum jetzt, zum Teufel?

„IRGENDETWAS SAGT MIR, dass er aufgehetzt wurde", sagte Nan und Stone sah sie an.

„NAN, der Mann hat versucht dich letztes Jahr zu erstechen. Jetzt hat er versucht dich zu erschießen und du denkst, da steckt jemand anderes dahinter?"

SIE NICKTE, ihre großen braunen Augen waren weit aufgerissen und blickten verängstigt. „Ich glaube nicht, dass er Beulahs Mörder ist. Nein. Warum? Er kannte sie nicht; er kannte sie nicht einmal letztes Jahr in Cannes. Ich glaube, er wurde als Lockvogel geschickt."

„JA, aber von wem?" Stone bemerkte, dass er und Nan die einzigen im Raum waren, die sprachen. Er sah Greg an. „Und ich will, dass du die Leute, die in der Tiefgarage Dienst hatten, feuerst."

„HABE ICH SCHON, Boss." Greg nickte ihm zu. „Wir haben uns auch um die Paparazzi draußen gekümmert. Haben ihnen gesagt, dass wir uns persönlich mit ihnen beschäftigen würden, wenn sie versuchen würden herein zu kommen. Die Polizei stärkt uns den Rücken."

„GREG HAT sich auf mich geworfen als Duggan angefangen hat zu schießen, Baby.", sagte Nan leise, stand auf und kam zu ihm. Er hielt sie fest. Der Gedanke daran nach Hause zu kommen und sie tot vorzufinden... Himmel.

Er warf einen Blick über seine Schulter und nickte Greg dankbar zu. „Danke Greg. Ist die Polizei sicher, dass Smolett tot ist?"

„Sehr sicher." Ted sah genauso geschockt wie der Rest von ihnen aus. „Ich muss noch zu ihnen gehen und meine Aussage machen – vielleicht gibt es eine Anklage, aber ich würde dasselbe sofort noch einmal tun."

„Anklage?" Nan löste sich von Stone mit verblüfften Gesicht. „Anklage dafür, dass du mein Leben gerettet hast? Blödsinn, ich komme mit dir und sage ihnen..."

„Nan, beruhige dich, das ist eine reine Formalität. Niemand wird Teddy wegen irgendetwas verklagen."

Stone sah wie Nan tief Luft holte. Eliso, der still auf der Couch saß, erhob das Wort.

„Das muss endlich aufhören. Kein Blutvergießen mehr. Teddy kannst du ein Fernsehinterview für mich arrangieren?"

Alle sahen zu Eliso der nickte. „Ich will den Mörder direkt ansprechen. Ihn fragen was er will, damit das endlich aufhört. Geld, Macht... was auch immer. Ich will nicht, dass noch jemand verletzt wird." Er krümmte sich unter Schmerzen und Stone ging zu seinem

Freund. „Eli, leg dich in eines der Gästezimmer. Ich bin mir nicht einmal sicher, ob das Krankenhaus dich schon hätte entlassen sollen."

„DAS WERDE ich wenn Teddy das tut, um was ich ihn gebeten habe."

TED NICKTE. „Ich werde es veranlassen, Eli. Pass bitte einfach auf dich auf."

ALS ELISO sich in das Gästezimmer zurückgezogen und die Tür geschlossen hatte, hob Nan Ettie hoch und drückte sie an sich. Wenn Duggans Kugeln ihr Ziel gefunden hätten, dann hätte sie ihre Tochter oder den Mann den sie liebte, nie wieder gesehen. Sie musste zugeben, dass sie Angst hatte. Schreckliche Angst. „Wir befinden uns alle ganz klar in Gefahr", sagte sie. „Was tun wir dagegen?"

„ELIS IDEE IST NICHT SCHLECHT", sagte Ted vorsichtig, wartete darauf, dass Stone ihm widersprach. Als er das nicht tat, nickte Ted und stand auf. „Wir sollten eventuell alle aus Manhattan verschwinden. Vielleicht irgendwo unterschlüpfen, wo wir sicher sein können, dass uns nichts passiert."

STONE SCHÜTTELTE SEINEN KOPF. „Da stimme ich dir nicht zu. Wenn wir uns irgendwo weit außerhalb verstecken, dann kann die Polizei nicht schnell genug bei uns sein..."

TED ZUCKTE MIT DEN SCHULTERN. „Stimmt. Himmel, Stone, ich will einfach, dass die Menschen die uns am Herzen liegen in Sicherheit sind. Ich habe die Fotos gesehen, was der Kerl mit Beulah gemacht hat." Er warf Nan einen Blick zu und Nan sah wie Stone blass wurde.

„ICH HABE keine Ahnung was richtig ist, aber im Moment bleiben wir hier, okay?"

TED GING KURZ DARAUF mit der Polizei weg und Diana bot an, Ettie schlafen zu legen. Nan und Stone gingen in ihr Zimmer um zu reden, aber beide wurden schnell still. Stones Arme lagen um Nan und sie hatte ihren Kopf an seine Brust gelegt und sah zu ihm auf.

„ICH HASSE das alles."

„ICH WEISS." Stone presste seine Lippen auf ihre Stirn. „Der Gedanke, dass Duggan wieder hinter dir her war, dass irgendjemand hinter dir her ist.... ich kann mir gar nicht vorstellen was Eli im Moment durchmacht."

„ER IST AM BODEN ZERSTÖRT, das kann ich in seinen Augen sehen. Da liegt kein Lebensfunken darin." Nan zuckte bei ihren unachtsamen Worten zusammen. „Du weißt schon, was ich meine."

„JA." STONE HOB IHR KINN, damit er sie küssen konnte. „Ich liebe dich so sehr, es bringt mich um auch nur daran zu denken was Eli fühlen muss."

„STONE?"

· · · ·

„JA, Baby?"

„LASS uns in den nächsten Stunden die Welt vergessen."

ER KÜSSTE SIE ERNEUT, dieses mal leidenschaftlicher, legte alle Angst und alles Entsetzen das er fühlte in diesen Kuss. Er zog den Gürtel ihres Kleides auf und schob den Stoff beiseite um ihre Haut zu küssen.

NAN LAG AUF IHREM RÜCKEN, streichelte über seine dunklen Haare als er ihren Bauch küsste und als er ihre Unterhose nach unten zog, sein Mund ihre Klit fand und sie seufzte, ließ sie all die Angst los und konzentrierte sich auf die Gefühle, die Stone in ihr weckte.

STONE SCHOB ihre Beine auseinander als seine Zunge tief in ihre Fotze eintauchte und seine schnellen Bewegungen ließen ihren Körper vor Lust erbeben. „Ich will dich in mir", flüsterte sie und Stone rutschte nach oben, um sie zu küssen.

„JEDER TEIL AN DIR IST DER HIMMEL", murmelte er an ihrem Mund als er seinen Reißverschluss aufzog und seinen Schwanz aus seiner Jeans befreite. „Jeder Zentimeter an dir."

ER LEGTE sich ihre Beine um seine Hüfte und stieß in sie, sein Schwanz war steinhart als sie fickten. *Wie habe ich jemals annehmen können, dass ich ohne diesen Man leben könnte?* Nan küsste ihn, ihr Mund lag hungrig auf seinem, ihre Hände auf seinem festen Rücken und ihre Finger krallten sich in sein Hemd.

· · ·

STONE WANDTE den Blick nicht von ihr ab als sie kam, stöhnte bei seinem eigenen Orgasmus auf, spritzte dicken cremigen Samen tief in ihren Bauch.

NAN HALF ihm danach sich vollständig auszuziehen und sie liebten sich erneut, dieses mal ließen sie sich Zeit, küssten und liebkosten einander. Als Nan bei einem weiteren Orgasmus erbebte, lächelte Stone sie an. „Heirate mich", flüsterte er und Nan zögerte keine Sekunde.

„JA", sagte sie und nickte mit leuchtenden Augen. „Ja, ich werde dich heiraten, Stone Vanderberg."

WAS SIE NICHT WUSSTE WAR, dass das Leuchten in seinen Augen bald schon von Trauer, Entsetzen und Angst ersetzt werden würde.

UND DAS MEHR ALS nur einer von ihnen um sein Leben kämpfen würde.

18

KAPITEL 18

Eliso hatte für das interview den Verband von seinem Kopf entfernt, zeigte die tiefe Wunde an der Seite seines Kopfes und die blauen Flecken. Er wollte zeigen was der Mörder ihm angetan hatte und dem Interviewer, einem gutherzigen älteren Mann vom News Channel, sagen, was Beulah angetan worden war. Er wollte schockieren und den Mörder reizen. Er wollte...

Er wollte das Beulah wieder am Leben und in seinen Armen war. Als Nan und Stone leise verkündet hatten, dass sie heiraten würden, hatte er sich für seine Freunde gefreut – und war gleichzeitig bei der Erinnerung an jene schreckliche und wunderschöne Nacht, als Beulah ihm einen Antrag gemacht hatte, zu Tode betrübt gewesen. Er sah noch die Freude auf ihrem wunderschönen Gesicht, fühlte ihre Haut noch unter seinen Fingerspitzen.

Roch noch ihr Blut. Sah noch die entsetzlichen Wunden, die der Mörder ihr zugefügt hatte, bevor er sie schreien gehört hatte.

Abgeschlachtet. Das war das Wort was er benutzen würde. Beulah war abgeschlachtet worden.

Eliso schloss seine Augen, das starke Licht im Studio brannte sich in sein Hirn, ließ seinen Kopf schmerzhaft aufschreien. Er fühlte eine Hand auf seinem Arm. Fenella.

Sie war seit Beulahs Ermordung sein Fels gewesen und sie legte jetzt ihren Arm um ihn. Sie sprach ein paar Worte des Trostes auf Italienisch und legte dann ihren Kopf an seinen, vorsichtig, um ihm nicht weh zu tun. „Eliso, wir sind alle für dich da."

Der Interviewer, Bob Jenkins, kam und schüttelte seine Hand. „Ihr Verlust tut mir so leid, Mr. Patini."

„Eliso bitte und danke."

Bob ließ den Assistenten das Mikrofon abstellen, bevor er wieder das Wort erhob. „Eliso die Kamera gehört dir. Du kannst über alles reden. Wir können zwar keine anrüchige Sprache dulden, aber..."

Eliso schnaubte. „Kein fluchen, aber über eine Frau zu reden die ausgeweidet worden ist, ist für das amerikanische Publikum okay."

Bob nickte. „Ja, so blöd sich das auch anhört."

Eliso wusste die Worte des Mannes zu schätzen. „Schön. Keine anrüchige Sprache."

„Wir gehen in fünf Minuten live, Leute", rief der Bühnenmanager. Fenella küsste ihren Bruder auf die Stirn und ging aus dem Bild.

„Sei nett zu ihm", warnte sie Bob, der ihr lächelnd zunickte.

„Sie ist streitsüchtig."

„Sie haben ja keine Ahnung." Eliso mochte den Mann, er war herzlich und mochte scheinbar keinen Unsinn.

„In sechzig Sekunden sind wir drauf."

Eliso nahm einen Schluck Wasser aus dem Glas, das neben ihm stand und seine Hand zitterte so sehr, dass er sich Wasser in den Schoss schüttete.

„Hey", sagte Bob leise. „Du schaffst das. Du weißt wie man das hier macht, Mann. Es liegt in deinem Blut. Es ist okay nervös zu sein, aber vergiss nicht warum du hier bist. Ich stehe hinter dir."

Eliso lächelte ihn dankbar an und als der Countdown begann und Bob sein Publikum begrüßte, schaltete Eliso in seinen Schauspielermodus um. Bob hatte recht – schauspielern lag ihm im Blut – nur dieses Mal gab es keinen Charakter hinter dem er sich verstecken konnte.

Eliso wappnete sich für die erste Farge – und wartete.

„Er schlägt sich wirklich gut." Stones Wohnung war voller

Menschen, die alle auf den großen Flachbildschirm starrten, als Eliso darüber sprach, was geschehen war. Elisos Eltern, Diana, ihr großes Sicherheitsteam und Nan saßen auf der Couch und beobachteten Elisos Gesicht und seine Reaktionen. Ted war mit Eliso und Fen im Studio. Nan sprach als erste. „Er schlägt sich wirklich gut. Er reißt sich zusammen."

Sie hielt die Hand von Elisos Mutter und spürte wie die andere Frau zitterte. Sie drückte ihre Hand. „Er macht das prima, Lucia, wirklich prima."

Stone hatte Beulahs Eltern eingeladen, aber sie wollten wieder nach England zurück. Beulah war dort beerdigt worden, wie Eliso es gewollt hatte – er hasste die Tatsache, dass sie ihn überhaupt gefragt hatten – er hatte das Gefühl, dass er kein recht hatte zu bestimmen wo ihr Körper beerdigt werden sollte. „Ich kann jederzeit nach London kommen", sagte er zu ihnen. „Für mich ist es wichtig, dass sie bei ihrer Familie ist."

Nan hatte sich über diese Großzügigkeit im Angesicht seiner Trauer gewundert. Sie sah Ettie und Stone an und fragte sich, ob sie auch so großzügig sein würde. Diana Vanderberg hatte schon ein Kind bei einem Unglück verloren. Nan schloss ihre Augen und ihr war schlecht. Sie hielt den Gedanken daran Ettie zu verlieren kaum aus und doch hatten sowohl Diana als auch die Tegans das bereits erlebt. Ihre Stärke war eine Inspiration.

Sie sahen zu wie Eliso die Ereignisse in jener Nacht beschrieb, sahen wie sein Gesicht aufleuchtete, als er von Beulahs Antrag erzählte, ihrer Freude, ihrem Glück. Er sprach über die zwei älteren Frauen mit den er gesprochen hatte und die immer noch mit ihm in Kontakt standen.

Als Bob Jenkins ihn bezüglich des Horrors befragte, der danach kam, sah Nan wie Elisos Schultern nach unten sackten und wollte ihn fest umarmen. *Solch ein gutherziger Mann*, dachte sie. *Das so etwas solch einem warmherzigen, netten und wunderbaren Mann passierte... es war einfach undenkbar. Wer zur Hölle wollte Eliso Patini quälen?*

Sie spürte wie die Tränen in ihre Augen traten und musste sich von Elisos Mutter abwenden. Eliso war nicht mehr derselbe Mann, der er noch vor ein paar Wochen gewesen war. Sogar seine äußere Erscheinung, seine dunklen Locken waren halb abrasiert an der Seite wo die Operation durchgeführt worden war, war ihr befremdlich.

Nans Handy klingelte und sie entschuldigte sich. Es war keine Nummer die sie kannte. „Hallo?"

„Mrs. Songbird?"

Aaaarghh.... Miles Kirke. „Was wollen Sie Miles? Das ist kein guter Zeitpunkt."

„Tut mir leid wenn ich störe. Ich weiß, dass es eine schreckliche Zeit für Sie und Mr. Patini sein muss. Ich habe von der Schießerei gehört und wollte mich für mein Benehmen das letzte Mal als wir uns gesehen haben, entschuldigen."

Irgendetwas in Kirkes Stimme erregte Nans Aufmerksamkeit. „Okay." Was sollte das?

„Ms. Songbird... können wir uns treffen? Ich glaube, dass ich etwas über Duggan Smolletts Wohltäter herausgefunden habe, aber es ist vertraulich. Ich frage nicht gern ob wir uns unter vier Augen treffen können, wenn man bedenkt wie ich mich das letzte Mal verhalten habe. Aber... ich denke das könnte die Antwort darauf sein, was Mr. Patini widerfahren ist."

Nan schwieg einen Augenblick lang. „Warum sollte ich Ihnen glauben?", fragte sie dann.

„Ich mache Ihnen keinen Vorwurf wenn Sie schlecht über mich denken. Sie können gern einen Bodyguard mitbringen, aber ich kann mich nicht in der Öffentlichkeit mit Ihnen treffen."

„Ich brauche mehr als das."

Kirke seufzte und als er wieder sprach, senkte er seine Stimme. „Ich glaube nicht, dass Mr. Patini das Hauptziel des ganzen ist."

Nan spürte wie sich eine kalte Hand um ihr Herz schloss. „Wer dann?"

Eine lange Pause. „Mr. Vanderberg."

Nein, nein....

Nan holte tief Luft und schloss ihre Augen. „Wo und wann wollen wir uns treffen, Mr. Kirke? Ich muss alles wissen, was Sie wissen."

19
—

KAPITEL 19

E r war nah, so nah dran das zu bekommen, was er immer gewollt hatte. Fast schon von seiner Geburt an oder zumindest seit er drei Jahre alt war, hatte er das unbegrenzte Potential seiner Psychopathie gekannt und das vollkommene Fehlen vom Empathie und er wusste, dass ihm nichts verweigert werden konnte.

Er hatte schon in jungen Jahren getötet – Himmel, er hatte es genossen – besonders wenn es eine schöne Frau war, hilflos unter seinem Messer oder an seine Waffe gedrückt.

Das Messer war einfacher – kein Schießpulver oder Kugeln als Beweismaterial. Er benutzte es und warf es dann in den Hudson River, kein Problem, kaufte eine anderes im Internet und ließ es an eine Postfachadresse liefern.

Er hatte Ruthie bezahlt, dass sie die Messer in Empfang nahm, bis sie Nan von dem Junkie erzählt hatte, die er angeheuert hatte um Eliso anzugreifen.

Sowohl Willa Green als auch Ruthie waren schnell gestorben. Die Tegan Frau hatte versucht sich zu wehren, bis er sie mit seinem Messer erstochen hatte, dann, als der schöne Junge Eliso ruhig gestellt worden war, hatte er immer wieder auf sie eingestochen, hatte jeden Moment genossen.

Ich bin ein Tier. Es war in seinem Mantra. Aber bald würde er das haben, was er schon immer hatte haben wollen. Stone. Stone würde so dankbar sein, dass er es geschafft hatte seine junge Tochter zu retten, dass es keine Frage sein würde – sie würden zusammen sein. Stones Trauer über Nans Mord würde ihn ebenso brechen, ihn noch verletzlicher machen.

Himmel, er konnte es kaum noch abwarten. Wenn sie ihre Körper finden würden, zusammen - so hatte er es beschlossen - würde er Stones... Felsen sein.

Er dachte jetzt an Nan, so schön, so liebreizend, so sanft. Er hatte davon geträumt, von ihrem Blut an seinen Händen, ihren schönen Augen, voller Angst und Entsetzen wenn er sie umbrachte, das Licht, das in ihnen erlosch, wenn sie starb. Es war so nah, dass er es fast schon schmecken konnte.

Innerhalb der nächsten vierundzwanzig Stunden würde Nanouk Songbird sterben und Stone würde endlich ihm gehören.

KAPITEL 20

N an gefiel es nicht sich mit Kirke zu treffen, aber sie musste herausfinden warum er dachte, dass Stone das eigentliche Ziel des Mörders war. Es ergab keinen Sinn.

Sie schaffte es Stone davon zu überzeugen, dass sie ein paar Sachen für Ettie besorgen musste und er schickte Greg mit ihr mit. Im Auto erzählte sie Greg wohin sie fuhren. Er sah unsicher aus. „Ms. Songbird, ich habe ziemlich genaue Anweisungen."

„Normalerweise würde ich auch nicht fragen. Aber dieser Anwalt hat Informationen bezüglich des Falls, die eventuell Stone betreffen und ich will nicht warten. Bitte, Greg."

Sie überzeugte ihn schließlich und er fuhr sie zu dem Treffpunkt außerhalb der Stadt. Kirkes Haus war eine Villa, aber nachdem sie eingetreten war, sah sie, dass es innen kühl war. Sie fragte sich ob Kirke verheiratet war, aber als sie die Inneneinrichtung betrachtete, glaubte sie das nicht. Es war alles zu... männlich.

„Ms. Songbird, danke das Sie gekommen sind." Miles Kirke schüttelte ihr die Hand und nickte Greg zu. „Darf ich Sie bitten draußen zu warten, Sir?"

Greg sah Nan an, die nickte. In ihrer Tasche hatte sie Pfefferspray, das Ted ihr am Morgen gegeben hatte und ihr ganzer Körper war in Alarmbereitschaft.

Kirke sah nicht wie derselbe arrogante Mann aus, den sie zuletzt gesehen hatte, er verhielt sich eher gedrückt und sah nervös aus, seine kleinen Augen flitzten herum. Er bat sie sich zu setzen, aber als sie einen Stuhl am Fenster wählte, nahm er ihre Hand und führte sie weg davon. Nan erstarrte als seine Hände ihre Schultern berührten und er ließ sie sofort los, hielt die Hände hoch.

„Tut mir leid... es ist nur, bitte nicht ans Fenster."

Oh Mann. Kirkes Paranoia war fast lächerlich – aber auch irgendwie beunruhigend. Nan setzte sich so weit von ihm entfernt hin, wie es ihr möglich war, hielt sich aber vom Fenster fern. Kirke setzte sich ihr gegenüber.

„Mr. Kirke, Sie sagen, dass Sie glauben, dass Stone das eigentliche Ziel des Mörders sei... bitte sagen Sie mir, was Sie wissen."

Kirke holte tief Luft. Trotz das er offenbar Angst hatte, blieb er er selbst, dachte Nan. „Ms. Songbird..."

„Nennen Sie mich Nan, ja?", sagte Nan und Kirke nickte.

„Miles. Nan, es begann alles als eine Theorie nachdem mein Fall gegen Eliso Patini zusammengebrochen war. Wie Sie sich sicher vorstellen können, habe ich meine Nachforschungen bezüglich des Mannes angestellt und fand erstaunlicherweise heraus, dass er keinerlei Feinde hat, niemand, der ihm so etwas antun wollen würde. Sogar seine Stalker – und wie Sie sich vorstellen können hatte Patini einige – respektierten ihn. Also dehnte ich meine Nachforschungen aus – und ich habe etwas gefunden. Wussten Sie von Mr. Vanderbergs Schwester?"

Nan nickte stirnrunzelnd. „Janie. Ja, natürlich. Sie ist ertrunken."

Kirke kaute auf seiner Lippe. „Das ist die offizielle Story, ja. Aber ich habe noch etwas tiefer gegraben und auch wenn das vor Gericht eigentlich nicht zulässig ist, war ich dazu in der Lage mir Zugang zu ein paar versiegelten Aufzeichnungen zu verschaffen. Janie Vanderberg wurde ermordet."

Nan spürte wie sich der Boden unter ihren Füßen öffnete. „Was?"

„Es wurde vertuscht und der Verdächtige..."

„Ted?", flüsterte Nan und Kirke nickte. Sie beugte sich nach vorn, versuchte nicht zu schreien.

„Sein Vater wusste davon – ich weiß nicht, ob es die Mutter auch wusste, aber Vanderberg Senior hatte die Macht und die Verbindungen, um es zu vertuschen. Janie wurde kurz nachdem sie gefunden wurde eingeäschert, um ihre Verletzungen zu verbergen, aber sie sind in dem Medizinbericht aufgelistet. Dem inoffiziellen Bericht."

„Wie ist sie gestorben?" Nan war es schlecht.

„Erstochen. Mehrfach. Sie denken, dass ein scharfer Stein benutzt wurde, aber er hat so viel Gewalt angewendet, dass einige ihrer Rippen gebrochen waren."

„Oh Gott!" Nan würgte und Kirke stand auf und schenkte ihr etwas Wasser ein.

„Ich würde Ihnen gern etwas Stärkeres anbieten, aber ich weiß, dass Sie wahrscheinlich... Sie wissen schon..." Er wurde rot und nickte zu ihrer Brust hin und zum ersten Mal verspürte sie Dankbarkeit gegenüber Kirke.

„Danke. Miles, ich hasse es das zu sagen, aber ich glaube es. Das erste mal als ich Ted getroffen habe war er... total daneben und ich dachte damals es sei nur weil er um seinen Vater trauerte."

„Ah ja, sein Vater. Gestorben an Vergiftung."

„Was? Ich wusste das nicht."

„Die Polizei in Oyster Bay hat es nicht weiter verfolgt, aber sagen Sie mir eines... Ted hatte seine Eltern das erste mal zu einem dieser trendy Raw Food Restaurants genommen. Ted geht gerne essen und er liebt sein Steak. Liebt es. Hat drei riesige Grills in seinem Garten, alle hochmodern."

Nan nickte. „Ich weiß, wir haben dort schon gegessen." Sie war jetzt verwirrt. „Kommen Sie bitte auf den Punkt."

„Warum sollte ein Mann, der niemals zuvor in seinem Leben in einem vegetarischen Restaurant gegessen hat, seine Eltern plötzlich zu einem Raw Food Restaurant mitnehmen?"

Nan verstand es nicht. „Ich habe keine Ahnung."

Miles lächelte leicht und sie sah die alte Arroganz zurückkommen. „Falls Sie jemals wieder mit ihm essen, dann bitte keine Pilze."

Nan starrte ihn an und musste plötzlich lächeln. „Sie machen Witze."

„Ich befürchte nicht."

„Nein, ehrlich, das klingt wie etwas aus einem schlechten Film. Das Kind schmuggelt giftige Pilze in den Salat seines Vaters? Hören Sie auf."

„Ich würde sagen es war einer von Teds freundlicheren Morden."

„Morden, in der Mehrzahl?"

Kirke stand auf. „Habe Sie vor einem Jahr in Cannes Ted gesehen?"

Sie schüttelte ihren Kopf.

„Aber er war dort. Ich habe seine Kreditkartenauszüge gesehen. Eliso, Stone hatten keine Ahnung, dass er sie beobachtete. Er hatte geplant Eliso zu zerstören."

„Aber warum? Das ist es, was ich nicht verstehe. Warum?"

„Verstehen Sie es nicht? Er ist von seinem Bruder besessen. Er will ihn nicht teilen – wollte er noch nie. Niemals. Er hat seine Schwester ermordet, damit er Stone wieder für sich allein haben konnte."

Nan schüttelte ihren Kopf. „Okay, wir wissen also mit Sicherheit, dass er Janie umgebracht hat und dass er ein Arschloch ist, aber ich verstehe nicht, warum er es auf Eliso abgesehen haben sollte."

„Stone liebt Eliso Patini wie einen Bruder. Mehr als Ted." Miles Stimme war sanft. „Können Sie das leugnen? Denken Sie darüber nach, wie sich Stone gegenüber Ted und Eliso verhält."

Nan schloss ihre Augen. Was Miles sagte stimmte, aber es klang zu unglaublich, um wahr zu sein. Aber sie ging in Gedanken die ganzen Gelegenheiten durch, zu denen Sie Stone und Eliso zusammen gesehen hatte und Stone mit Ted – und Miles hatte recht. Stone und Eliso waren unzertrennlich. Blutsbrüder.

„Mist", flüsterte sie und Miles sah sie mitfühlend an.

„Verzwickt, ich weiß und ehrlich, ich bete zum Himmel, dass ich falsch liege."

Nan sah zum Fenster. „Sind sie kugelsicher?"

Miles nickte. „Heute morgen frisch installiert und ich bin nicht einfach nur paranoid. Letzte Nacht wurde in mein Büro eingebrochen und alle Ordner, die sich auf Ted Vanderberg bezogen, sind verschwunden. Da diese mir, lassen Sie mich sagen inoffiziell in die Hände gefallen sind, kann ich nicht zur Polizei gehen. Was bedeutet, dass Ted weiß, dass ich ihm hinterher schnüffle. Er würde mich ohne zu zögern umbringen." Er musterte sie. „Er wird dich umbringen, Nan. Ich garantiere dir, dass der Mistkerl deinen Mord schon geplant hat. Er ist von seinem Bruder besessen."

„Warum hat er seine Mutter nicht umgebracht? Warum nur seinen Vater?"

„Vielleicht wollte sein lieber alter Vater die Wahrheit erzählen? Ich weiß es nicht. Alles was ich weiß ist, dass der einzige Grund warum Eliso noch am Leben ist, weil Ted durch ihn viel Geld verdient. Ein toter Schauspieler kann das nicht – ein lebender, atmender Schauspieler, der trauert, löst Mitleid aus und bekommt mehr Rollen und Geld. Eliso ist für den Oskar nominiert, nur weil seine Freundin ermordet wurde. So ist das eben in Hollywood – nicht, dass ich dir das sagen müsste."

„Was ist mit Duggan Smollett?"

„Was soll mit ihm sein? Nachdem er wegen dir in Frankreich gefeuert wurde, hatte er Schwierigkeiten wieder Arbeit zu finden. Sheila Maffey hat ihn überall angeschwärzt. Wusste Ted von ihm?"

Nan dachte einen Moment lang nach und stöhnte dann. „Ja. Ich habe ihm erzählt wie Stone und ich uns kennengelernt haben – und er hat mich verärgert, also habe ich ihm die ganze Wahrheit erzählt."

„Komisch, dass Smollett erst wieder hinter dir her war, nachdem du Ted kennengelernt hast."

Verdammt. Nan war jetzt wütend. „Dieser Scheißkerl."

„Er hat versucht seine Spuren zu verwischen. Er wusste, dass jemand in seiner Vergangenheit herumschnüffelt. Hat nicht so funktioniert wie Ted es vorgehabt hatte."

„Nein. Ich habe allen gesagt, dass ich nicht glaube, dass Duggan Beulah getötet hat. Verdammt, warum habe ich nicht nachgedacht?"

„Woher hättest du es wissen sollen?"

Sie lächelte ihn traurig an. „Ich war immer stolz darauf, dass ich mich auf meine Instinkte verlassen kann."

„Niemand hätte darauf kommen können, Nan. Mach dir deshalb keine Vorwürfe." Er schlug seine Beine übereinander, entspannte sich etwas. „Du hast ein unglaubliches Potential als Anwältin, Nan. Das Polizeirevier würde sicher gern mehr von dir hören, wenn du erst einmal etwas Erfahrung gesammelt hast."

„Danke." Nan rieb sich ihr Gesicht. „Und was mache ich jetzt?"

„Geh heim, rede mit Stone, halte dich und dein Kind weit von Ted entfernt. Danach... ich wünschte, ich wüsste es."

Im Auto auf dem Weg zurück in die Stadt, dachte Nan über alles nach, was Miles ihr vorgeschlagen hatte. Das schwere Gewicht auf ihrer Brust sagte ihr, dass er recht hatte – wie konnte er das sich nicht?

Oh Gott. Nichts war so kompliziert wie Familien. Ihr Handy piepte als eine Nachricht kam und sie öffnete es.

Ihr Blick wurde an den Rändern schwarz und der Atem gefror ihr in ihren Lungen. Ein Bild. Ein Selfie.

Ted, der in die Kamera lächelte und eine weinende Ettie hielt. Er hatte eine Nachricht geschrieben.

Hi Mami! Wir gehen auf eine Abenteuertour!

Alles in Nans Welt blieb stehen.

KAPITEL 21

Ihr Handy klingelte und sie sah, dass es Ted war. „Du verdammter Scheißkerl!"

TED LACHTE. „Nicht so gehässig, Mami. Hör zu, alles wird gut. Ettie wird nichts geschehen solange du genau das tust, was ich dir sage."

„UND DAS WÄRE?" *Bitte, bitte tu meinem Baby nicht weh...*

„DREH DAS AUTO UM. Bringe Greg dazu dich wieder zu Kirkes Haus zu fahren."

„WOHER ZUR HÖLLE....?"

. . .

„Dein Pfefferspray, Mami. Ein Abhörgerät, ganz modern. Genau wie der Grill in meinem Garten. Wie Kirke schon gesagt hat, iss niemals die Pilze."

Er hatte alles gehört. Nan warf Greg einen Blick zu und senkte ihre Stimme. „Was willst du?"

„Dich. Tot. Wenn das geschehen ist, dann kann Ettie unversehrt zu ihrem Vater zurückkehren."

„Warum?"

Ted lachte. „Ich denke, Kirke hat es ganz gut erklärt. Du wirst mir Stone nicht wegnehmen."

Nan konnte nicht sprechen. Es war wahr. „Du hast Beulah umgebracht."

„Ja. Und Willa und Ruthie und meinen Vater und natürlich die süße kleine Janie. Verwöhntes Gör." Sie hörte ein Kussgeräusch. „Ich muss sagen, dass Ettie viel süßer ist. Stone und ich werden sie als unser eigenes Kind großziehen."

Himmel, der Typ war so verdreht und sie hatte keine Ahnung was sie tun sollte. „Warum Kirkes Haus?"

„Weil ich bereits auf den Weg dorthin bin, oder sollte ich sagen, wir sind auf dem Weg. Und denk nicht einmal daran Stone zu kontaktieren, Nanouk, denn das Leben deiner Tochter liegt in meinen Händen und um ehrlich zu sein, ich würde nicht einmal zögern."

„WAS IST MIT GREG?"

„SCHICK IHN WEG. Er wird sich weigern, aber du musst darauf bestehen."

„ER WIRD mir das nicht abnehmen."

„DAS WIRD er besser oder er hat eine Kugel in seinem Kopf. Denk nicht einmal daran ihn zu warnen. Ich werde zuhören... und beobachten."

NANS AUGEN FLITZEN HERUM, suchten in dem Auto nach Kameras. Sie hörte Ted lachen. „Du wirst sie nie finden, meine Schöne." Sie hörte am anderen Ende eine Hupe – Ted fuhr. „Ich muss los. Sei dort."

NAN SENKTE LANGSAM ihr Handy und schloss ihre Augen. Sie hatte keine Wahl wenn sie Ettie retten wollte.

MILES KIRKE RUNZELTE die Stirn als ihr Auto wieder in seine Einfahrt einbog. Was zur Hölle war los? Er rief seinen Bodyguard, bekam aber keine Antwort. Stattdessen hörte er ein Baby schreien und zuckte zusammen. Was zur Hölle?

. . .

ER GING ZURÜCK ins Haus und folgte dem Babyweinen. In seinem Büro sah er das Kind auf der Couch liegen. „Was zur Hölle ist hier los?" Er ging auf das Kind zu, aber dann schlang sich ein Arm um seinen Hals. Ein Arm mit einem Messer.

„HI, MILES", sagte Ted Vanderberg fröhlich. „Mann, du hast ganz schön geplaudert. Um das wieder gut zu machen, musst du etwas für mich tun."

MILES SPÜRTE die Messerklinge an seinem Hals und schluckte schwer. „Und was wäre das?"

„ICH WILL, dass du Nan Songbird tötest."

Wie erwartet wollte Greg sich nicht wegschicken lassen, aber Nan sagte ihm: „Miles hat eine Festung hier, ich muss nur noch ein paar Minuten länger mit ihm sprechen. Bitte *Gregory*, ich bin mir sicher, dass Stone dich wieder daheim braucht." Sie versuchte sich ihre Angst nicht anmerken zu lassen, aber es war schwer da sie wusste, dass sie beobachtet wurde. *Oh Gott, Ettie, ich komme...*

GREG STARRTE sie an und hob dann seine Hände. „Mr. Vanderberg hat mir aufgetragen das zu tun, was Sie wollen, also nehme ich an..." Er seufzte. „Ich werde in zwei Stunden wieder hier sein um Sie abzuholen... Nan."

Er hatte sie noch niemals so genannt. Niemals. Es war immer Ms. Songbird oder Miss. Es ließ sie hoffen, dass er wusste, dass etwas nicht stimmte.

IHRE BEINE ZITTERTEN als sie aus dem Auto stieg und die Treppe nach oben ging. Sie hörte wie Greg davon fuhr. Niemand begrüßte sie und sie ging davon aus, dass Ted schon da war – darauf wartete sie zu töten.

HIMMEL, Stone, es tut mir leid. Es tut mir leid, ich liebe dich....

22
———

KAPITEL 22

Stone wusste, dass etwas nicht stimmte, aber er kam nicht darauf was es war. Er spürte es tief in seinen Knochen – die Tatsache, dass er weder mit Nan noch mit Ettie zusammen war, das er sie nicht sofort anschauen konnte, machte ihn nervös.

TED HATTE sich angeboten Ettie zu einer Spazierfahrt mitzunehmen; sie konnte sich heute nicht beruhigen weil ihre Mami nicht in der Nähe war. Sie weinte und zappelte und auch Stone konnte sie nicht glücklich machen. Sie wollte Nan.

STONES MUTTER HATTE GELÄCHELT als Ted mit Ettie verschwunden war. „Du warst manchmal so, wolltest nur deine Mutter." Sie grinste ihren Sohn an. „Keine Sorge, ich werde es niemanden verraten. Janie war auch so."

„TED NICHT?"

.   .   .

Das Gesicht seiner Mutter umwölkte sich. „Nein. Er wollte nur immer bei dir sein, Stone. Vielleicht ein bisschen zu sehr."

Stone runzelte die Stirn. „Zu sehr?"

Seine Mutter seufzte. „Manchmal habe ich ihn Nachts erwischt. Er saß dann auf deiner Bettkante. Manchmal hatte er sich sogar an dich gekuschelt. Es war ein bisschen seltsam. Ging über die übliche Heldenverehrung hinaus." Sie winkte ab. „Hör mir Psychologin bloß zu. Du warst lange Zeit seine ganze Welt. Er betet dich immer noch an."

„Ted?", fragte Stone ungläubig. „Ehrlich?"

„Ist dir das noch nicht aufgefallen?"

Stone dachte zurück und jetzt, wo er darüber nachdachte, sah er ein Muster. Diana beobachtete ihn. „Er ist immer ein bisschen eifersüchtig auf alle, die dir nahe stehen; deshalb ist er am Anfang nie freundlich zu deinen Freunden und Partnern. Doch das geht immer schnell vorbei. Schau dir nur Eli an. Würde er ihn managen, wenn er ihn hassen würde?"

Stone wurde unbehaglich zumute. „Ted war eifersüchtig. Auf Eli? Auf... Nan?"

„Ich denke er ist darüber hinweg." Diana räumte jetzt auf. „Er mag Nan sehr und er betet Ettie förmlich an."

· · ·

STONES HANDY KLINGELTE. Greg. „Mr. Vanderberg, ich bin momentan bei Miles Kirkes Haus – Ms. Songbird hat mich heute morgen gebeten sie hier her zu bringen. Es tut mir leid – sie hat mich gebeten es Ihnen nicht zu erzählen. Irgendetwas stimmt nicht. Wir sind vor zwanzig Minuten weggefahren, aber sie hat mich fast sofort gebeten wieder umzukehren. Sie hat einen Anruf bekommen und ich glaube nicht, dass es ein netter war. Und", Greg seufzte, „sie hat mich Gregory genannt, Mr. Vanderberg. Ich denke, sie hat versucht mir etwas zu sagen. Ms. Songbird weiß, dass mein voller Name Grenson ist."

„MILES KIRKE?" Stone war verblüfft. „Okay, ich bin auf dem Weg. Schick mir die GPS Daten."

„MACHE ICH. Ich gehe wieder rein, auch wenn nichts passieren sollte und Ms. Songbird okay ist. Ich werde ihr Wohlergehen nicht auf Spiel setzen."

„MACH DAS. Ihr darf nichts geschehen, verstanden? Tu was du tun musst. Ich bin unterwegs."

DIANA SAH IHN AN, Sorge auf ihrem Gesicht. „Was war das?"

STONE DREHTE sich zu ihr um. „Nan steckt in Schwierigkeiten... ich denke Miles Kirke hat irgendetwas mit Beulahs Mord zu tun."

DAS ERSTE WAS NAN SAH, war ihre Tochter, nichts ahnend und fröhlich glucksend auf der Couch liegend. Sie stürzte zu ihr.

. . .

„UH-UH." NAN ERSTARRTE und drehte sich um. Ted stand grinsend hinter Miles, der auf einem Stuhl saß, an dem er festgebunden war und ein Messer an seiner Kehle hatte. Miles zielte mit einer Waffe direkt auf sie.

„HALLO MEINE SCHÖNE."

NAN HATTE um sich selber keine Angst, nur um ihre Tochter. „Tu das nicht, Ted."

TED ROLLTE MIT DEN AUGEN. „Oh komm schon, du glaubst wohl ich habe mir all die Mühe gemacht um dich dann nicht zu töten?"

„DU WIRST DAMIT NICHT DAVONKOMMEN. Stone wird es herausfinden und er wird dich vernichten, besonders wenn du Ettie umbringst."

„ICH HABE NICHT die Absicht deine Tochter zu töten... außer wenn du mir das hier schwer machst."

NAN ERWIDERTE Miles entsetzenden Blick und sah, das er, genau wie sie wusste, dass Ted log. Sie wappnete sich. „Dann tu es. Lass mich von deinem Lakaien töten."

TED LÄCHELTE. „Du hast recht." Er drückte die Klinge an Miles Hals. „Jag ihr bitte eine Kugel in den Bauch, Mr. Kirke."
Nans Hände verkrampften sich als Miles auf sie zielte. Sie sah ihm erneut in die Augen. Er lächelte und öffnete seinen Mund um etwas zu sagen.

· · ·

„LAUF WEG", sagte er, richtete die Waffe auf sich selbst, schoss sich durch die Brust und traf Ted, als die Kugel beide Körper durchschlug. Ted schrie schmerzerfüllt auf als die Kugel ihm in den Unterleib fuhr und krümmte sich als Miles Kopf nach vorn sackte und Blut aus seinem Mund strömte.

NAN REAGIERTE SOFORT, stürzte zu Ettie und hob sie hoch. Sie rannte aus dem Zimmer und riss die Eingangstür auf und stürzte dann nach draußen ins Freie. Sie zögerte den Bruchteil einer Sekunde, wusste nicht, wohin sie gehen sollte. Sollte sie auf die Straße laufen und darauf hoffen, dass ein Auto anhalten würde?

SIE HÖRTE hinter sich ein brüllen. Nein, Ted würde das erwarten. Stattdessen lief sie auf den Wald zu, umrundete die knorrigen Baum-stämme. Sie hörte eine Kugel von einem nahestehenden Baum abprallen und ihr Adrenalin rauschte durch ihre Adern. Wenn er sie einholte, würde er sie beide umbringen.

SIE HIELT ihre Tochter fest an sich gedrückt, als sie im Zickzack durch den Wald lief. Es war ein Fehler gewesen hier her zu kommen, dachte sie, als das Unterholz immer dichter wurde und sie immer öfter hängenblieb.

SIE SAH den Ast nicht einmal, der sie zu Fall brachte, der unter vielen Zweigen versteckt war. Ihr Fuß verfing sich darin und sie fiel, drehte sich verzweifelt, damit sie nicht auf Ettie fiel. Ettie fing zu weinen an.

· · ·

„Sᴄʜ... Baby... Schhh..." Aber es war zu spät. Ihr Knöchel war verstaucht und Nan wurde es vor Schmerzen schlecht. Ihr wurde schwarz vor Augen. Es war vorbei. Sie hörte wie Ted immer näher kam und holte eilig ihr Handy heraus. Sie war dazu entschlossen, dass Ted nicht damit davonkommen würde das er sie umbrachte. Sie verfasste eine Nachricht an Stone und als Ted durch das Unterholz brach, seine Waffe direkt auf sie gerichtet, machte sie ein Foto und schickte es weg.

„Vᴇʀᴅᴀᴍᴍᴛᴇ Sᴄʜʟᴀᴍᴘᴇ." Er zielte mit der Waffe auf ihren Bauch und schoss. Nan krümmte sich vor Schmerzen zusammen.

„Bɪᴛᴛᴇ ᴛᴜ Eᴛᴛɪᴇ ɴɪᴄʜᴛs, bitte... tu was du willst mit mir, aber tu ihr nichts."

„Iᴄʜ sᴄʜᴇɪꟻ ᴀᴜꜰ ᴅɪᴄʜ, du Schlampe, du hättest nicht weglaufen sollen." Er zielte gerade auf Ettie, als sich ein großer Mann ihm schwarzen Anzug von der Seite auf ihn stürzte und ihn zu Boden warf, auf sein Gesicht einschlug und den Arm brach, der die Waffe hielt.

Nᴀɴ, der vom Blutverlust leicht schwindelig war, kroch zu ihrem Baby und schloss sie in ihre Arme. Wenn sie starb dann wollte sie ihre kostbare Ettie halten. Sie drückte ihre Lippen auf Etties winzigen Kopf. „Ich liebe dich so sehr, Tee-tee, so sehr. Versprich mir, dass du auf deinen Daddy aufpasst."

Sɪᴇ ᴡᴜʀᴅᴇ ɪᴍᴍᴇʀ ᴡɪᴇᴅᴇʀ ʙᴇᴡᴜssᴛʟᴏs, als Greg sie hochhob und sie beide aus dem Wald trug. Das letzte was sie hörte war Stones

Stimme, die ihren Namen rief und das Geräusch eines landenden Helikopters, bevor sie sich der Dunkelheit überließ.

KAPITEL 23

Stone hielt Ettie in seinen Armen als sie alle im Warteraum saßen und auf Neuigkeiten von Nan warteten. Stone, genau wie seine Mutter, war noch vollkommen von der Tatsache erschlagen, dass Ted hinter allem gesteckt hatte. Ted war jetzt in Untersuchungshaft, hatte alles zugegeben in der Hoffnung auf ein milderes Urteil, aber den Richter, der auch den schwer verletzten Miles Kirke in Betracht zog, interessierte das nicht. Ted wurde des Mordes an Joseph Vanderberg, Willa Green, Ruthie Price und Beulah Tegan angeklagt, genauso wie des Mordversuches an Nan Songbird, Ettie Songbird und Miles Kirke.

Ted würde für eine lange Zeit weggesperrt sein – und was für ihn noch schlimmer war, er würde nie seinen geliebten Stone wiedersehen.

Diana Vanderberg war wütend und am Boden zerstört. „Warum habe ich das nicht kommen sehen?"

Sie hatten Miles Akten von Ted in seinem Haus gefunden und Diana und Stone mussten damit fertig werden, dass Ted Janie ermordet hatte und dass sein Vater es vertuscht hatte. Der Doppelverrat und der entsetzliche Schaden den Ted angerichtet hatte, war zu viel zu verarbeiten und sie beide konzentrierten sich darauf für Ettie zu sorgen und auf Neuigkeiten von Nan zu warten.

Ein paar Stunden nachdem sie in den OP gebracht worden war, kam der Arzt zu ihnen. „Sie ist schwach, aber sie ist eine Kämpferin. Es wird noch lange dauern, aber sie wird sich erholen."

Die Erleichterung war überwältigend. „Können wir sie sehen?" Stone brannte darauf bei ihr zu sein.

„Sie liegt im Aufwachraum, aber ja, in einer Stunde." Er lächelte und nickte zu Ettie, die in den Armen ihres Vaters schlief. „Sie ist zuckersüß"

„Das sind sie beide." Stones Stimme klang erstickt und er drückte seine Lippen auf den Kopf seiner Tochter.

„Himmel hilf mir, das sind sie beide."

Eine Stunde später durfte er zu Nan. Sie war fix und fertig, lächelte aber als sie ihn und Ettie sah. „Hey ihr."

Stone küsste sie. „Dem Himmel sei dank, Nan. Dem Himmel sei dank."

Sie gluckste. „Es braucht schon mehr als nur eine Kugel, um mich von dir wegzureißen."

Er lehnte seine Stirn an ihre. „Ich liebe dich so sehr, Nanouk Songbird."

„Genauso wie ich dich, Stoney."

Er gluckste. „Stoney?"

„Für mich bist du mein Stoney."

„Das bin ich. Für immer dein."

Nan lächelte und streckte die Arme nach Ettie aus. Stone gab sie ihr und setzte sich auf den Bettrand.

„Hast du Schmerzen?"

„Ein bisschen, aber sie haben mir Morphin gegeben. Ich wünscht mir fast das hätten sie nicht, denn jetzt kann ich Ettie nicht füttern."

Stone strich Nans Haare aus ihrem Gesicht. „Ich denke nach allem ist das ein kleines Opfer."

„Ich werde es nur vermissen, das ist alles."

„Jetzt haben wir alle Zeit der Welt uns um Ettie zu kümmern. In unserm eigenen Zuhause. Was hältst du davon, wenn wir uns ein

Haus irgendwo in Oyster Bay suchen, wo sie draußen spielen kann und wir holen uns ein paar Hunde dazu."

Nan lächelte. „Nicht zu..."

„Prunkvoll. Ich weiß. Schau nach all dem Mist, den Ted angerichtet hat, ist der Name Vanderberg so ziemlich im Arsch. Die Zeitungen haben einen Festtag."

„Das tut mir leid, Baby."

Stone schüttelte seinen Kopf. „Wag es ja nicht dich zu entschuldigen, Nanouk – für nichts. Du bist wegen mir fast gestorben."

„Das war nicht wegen dir", sagte sie heftig und zuckte dann zusammen. „Tut mir leid, Schmerzen. Aber Stoney, mein Leben hat angefangen als ich dich getroffen habe und an dem Tag, als ich mit Tee-Tee schwanger geworden bin... ich bin das glücklichste Mädchen in der Welt."

„Nur du würdest so optimistisch sein nachdem man dir eine Kugel aus dem Körper geholt hat", sagte Stone zärtlich. „Was ich sagen will ist... wenn wir heiraten, dann nehme ich deinen und Etties Nachnamen an."

Nan riss die Augen auf. „Ja? Was sagt deine Mutter dazu?"

„Sie findet das gut. Davon abgesehen ist es ein wunderschöner Name und wir leben im einundzwanzigsten Jahrhundert. Also ja, falls du es zulässt, dann werde ich Mr. Stone Songbird sein."

Nan hatte Tränen in den Augen. „Ich kann es nicht mehr erwarten deine Frau zu sein, Stoney."

Stone lächelte. „Heirate mich, Nan. Sobald du hier raus kommst, heirate mich."

Und Nan wusste, dass ihr Leben von jetzt an glücklich, fröhlich und voller Liebe sein würde...

Ende

❀ Erstellt mit Vellum

Lightning Source UK Ltd.
Milton Keynes UK
UKHW021832160123
415467UK00005B/211